AF124978

Projekt: Deadline

-Kurzgeschichten-

Projekt: Deadline

-Kurzgeschichten-

Projekt: Deadline

-Kurzgeschichten-

Inhalt

__Vorwort__

Dieses Buch ist das Ergebnis eines Projektes, das im Rahmen unserer Erzieherausbildung entstanden ist. Das Motto dieses Projektes lautete: „Was du schon immer mal tun wolltest, dich aber noch nie getraut hast zu tun."

Die Idee ein Buch schreiben zu wollen war schnell gefunden, die Gruppenmitglieder auch, die Umsetzung des Ganzen war jedoch ein längerer und mitunter auch schwieriger Weg.

7 Personen, verschiedene Ideen, Wünsche, literarische Vorlieben und Vorstellungen- das alles unter einen Hut zu bringen,die Deadline immer im Blick, ließ uns manches Mal verzweifeln , aber wir haben es nach ca. 9 Wochen tatsächlich geschafft.

Aus all den Entwürfen die besprochen, diskutiert, angefangen und wieder verworfen wurden, ist nun dieser kleine Kurzgeschichtenband entstanden. Die To Do – Seiten sollen Sie als Leser dazu ermuntern, dieses Buch zu personalisieren und zu ihrem ganz persönlichen Exemplar zu machen.

„Projekt: Deadline – Kurzgeschichten" ist sicherlich kein großes Werk, mit dem wir uns in die Riege unserer literarischen Vorbilder wie J. K. Rowling, Patricia Cornwell oder Ernest Hemingway einreihen können, aber es ist das Ergebnis von Wochen intensiver kreativer Arbeit und es ist –wir haben oft daran gezweifelt es zu schaffen- tatsächlich ein Buch. Unser Buch. In dem viel Herzblut steckt und auf das wir sehr stolz sind.

Viel Spaß beim Lesen und Eintauchen in die folgenden kleinen literarischen Welten wünscht

das Projekt: Deadline - Team

To Do Part 1:
Hier ist genug Platz um dieses Buch zu deinem persönlichen Exemplar zu machen.

Hinterlass deinen Fingerabdruck, male dich, klebe deinen Namen aus verschiedenen Buchstaben zusammen… sei kreativ!

Silphium und Toromiro

Lisa-Marie Kath

*Ich möchte diese Geschichte meiner Familie
widmen.
Jeder gehört zu jemandem dazu, stammt von
jemandem ab,
ist ein Teil des Großen und Ganzen.
In diesem Sinne bin ich ein Teil von euch
und das ist gut.
Mama, Papa, Philipp & Oma,
ich hab euch lieb.*

Ich stehe im Wald. Es ist ein sehr großer und eindrucksvoller Wald. Er kommt einem noch viel größer vor, wenn man selbst, ganz klein, nur von unten herauf sehen kann. Ich spüre die Sonne auf meinen Armen und stelle mir vor, wie sie wohl aussehen mag. Sicherlich wunderschön. Die wärmenden Strahlen kämpfen sich durch die dichten Baumkronen und versuchen den laubbedeckten Boden zu wärmen. Der Wind ist stark und erfordert meine ganze Kraft, mich am Boden festzuhalten. Und trotz der Anstrengungen nimmt man die Ruhe und Wärme an diesem Ort deutlich wahr.

Die Natur. Ich weiß, dass ich ein Teil von ihr bin, auch wenn es mir nie jemand gesagt hat. Auch wenn jemand versucht hätte es mir zu sagen, hätte ich es nicht gehört. Ich kann nämlich nichts hören und nichts sehen. Das hat die Natur für mich so vorgesehen und ich werde es auch nie können. Aber das beunruhigt mich nicht. Ich bin so wie ich sein soll und nicht anders. Andere Dinge hingegen sollten eigentlich nicht so sein, wie sie nun mal sind.

Ich habe eine große Verwandtschaft auf der ganzen Welt und viele Brüder und Schwestern. Wir alle leben schon seit vielen Tausenden von Jahren in einer Gemeinschaft. Das zumindest erzählt man sich hier. Meine Geschwister und ich stehen noch am Anfang der Geschichte, doch viele unserer Verwandten glauben das Ende schon zu kennen. Sie erzählen schreckliche Dinge. Krankheiten und Parasiten, die uns befallen und ganze Gemeinschaften zunichtemachen. Das Schlimmste jedoch sind die Menschen. Ich bin noch nie einem begegnet und habe immer nur von ihnen gehört. Ich stelle sie mir angsteinflößend und unberechenbar vor.

Aus Erzählungen erfährt man, dass sie keine Skrupel haben, ganze Kolonien von uns auszurotten. Ihre Vorgehensweisen sind barbarisch. Sie zerstückeln uns, um uns anschließend zu verbrennen, oder sie entführen uns. Sie behandeln uns wie Sklaven. Viele von uns werden nach dem Zerstückeln mitgenommen, aber niemand weiß, was mit ihnen passiert.

Einmal hat es jemand von uns zurück in den Wald geschafft, nachdem er entführt worden ist. Er lebte nicht lange. Jeder, der seine Geschichte hörte, wurde krank, verlor seine Haare und starb. Die Ältesten haben es deshalb verboten, die Geschichte zu erzählen, und somit ging auch diese Sache für uns verloren.

Wir haben viel verloren. Laut unseren Ältesten werden wir in Zukunft noch viel mehr verlieren als in der Vergangenheit. Die Familie Silphium wurde vor knapp 2000 Jahren das letzte Mal gesehen. Niemand glaubt daran, dass jemand überlebt hat. Seit kurzem wissen wir auch, dass es nicht gut um die Familie Toromiro steht, aber wie soll man helfen, wenn diese am anderen Ende der Welt leben.

Wer weiß schon, wie viel Zeit uns noch bleibt. Wer weiß das schon. Ich würde zu gerne mit meinen Brüdern und Schwestern aufwachsen, alt werden. Eines Tages möchte ich selbst von oben herab schauen. Jeder hat diese Chance verdient. Und obwohl ich nichts sehen und nichts hören kann, weiß ich es ganz genau. Es liegt nicht in unserer Hand.

Alles nur ein Traum?

Saskia Schmidt

Diese Kurzgeschichte widme ich meinen Eltern Marina und Stefan, die in meiner Kindheit, bei Alpträumen, immer ein Auge auf mich hatten

Und meinem Freund Andre, der es heute tut.

Ich stelle mir die Frage, als ich nach einem Streit mit meinem Freund immer noch wütend und aufgebracht, um 8.00 Uhr am Montagmorgen in der Schule ankam. Ich gehe in die zwölfte Klasse des Gutenberg-Gymnasiums in Mainz. Wie jeden Morgen setze ich mich auf meinen Platz. Schon da fiel mir auf, dass etwas anders war als sonst.

Da ich die Außenseiterrolle in der Klasse übernommen habe, werde ich oft schief angeschaut. Daran habe ich mich längst gewöhnt.

An diesem Morgen beachtet mich niemand. Keiner schaut mich an oder lässt einen dummen Spruch in meine Richtung los. Was genau es damit auf sich hat, wird mir klar, als die Lehrerin die Anwesenheitsliste durchgeht und mich als fehlend einträgt. Ich mache mich bemerkbar und rufe, dass ich hier bin, aber keiner scheint mich zu beachten oder wahrzunehmen. *Wieso sitze ich in der Schule und keiner sieht mich?*, frage ich mich im selben Moment.

Ich beende den Schultag sofort und laufe total verwirrt zum Bahnhof und steige in einen Zug ein. Das mache ich immer, wenn ich nicht mehr weiter weiß und nachdenken muss.

Meine Klasse ignoriert mich nun komplett, was habe ich ihnen nur getan?, geistert es in einer Dauerschleife durch meinen Kopf.

Die ältere Dame, die auf einmal vor mir steht, reißt mich aus meinem Gedankengang.

„Könnten Sie mir vielleicht den Sitzplatz

freimachen, ich habe Probleme mit meiner Hüfte und kann nicht so lange stehen?" Mein verwirrter Blick lässt die Frau erstarren, jedoch mache ich ihr den Platz frei und das einzige, was nun in meinem Kopf rumgeistert, ist, dass sie mich gesehen und angesprochen hat.

Also bin ich doch nicht unsichtbar, wie ich anfangs annahm.

Weiter hinten sehe ich den Fahrkartenkontrolleur. „Scheiße, hab ich mir überhaupt eine Fahrkarte gekauft?, stammel ich leise vor mich hin.

„Keine Angst, ich habe eine für dich", ertönt die alte Stimme neben mir.

Die alte Frau, wie hat sie es so schnell neben mich geschafft? Sie hat doch eben noch am anderen Ende des Zugabteils auf meinem alten Platz gesessen!?

Ihr ruhiger Blick ruht auf mir, und als der Fahrkartenkontrolleur neben uns steht, streckt sie ihm zwei gültige Tickets entgegen und lächelt freundlich.

Das Klingeln meines Handys reißt mich aus meiner momentanen Situation.

Ich ziehe es aus meiner Jackentasche und schaue auf den Bildschirm.

"Nicklas ruft an"

Ich drücke ihn weg und stecke das Handy wieder zurück in meine Jackentasche, da ich jetzt absolut keine Nerven habe mich auf eine erneute Auseinandersetzung mit ihm einzulassen.

„Also, ich kann dir genau sagen, was mir dir los

war, oder wenn wir es genau nehmen, was mit dir los ist," ertönt die Stimme der alten Frau, die immer noch neben mir auf dem Platz in der U-Bahn sitzt.

„Wie alt bist du jetzt Kleines?" Ich schaue ihr genau in die Augen. Soll ich es ihr wirklich sagen? Sie ist eine Fremde für mich und Fremde geht meine Person und mein Leben nichts an. Auf der anderen Seite kann sie mir vielleicht helfen und erklären, was mit mir los ist.

„Du kannst mir vertrauen Kleines, ich kann dir helfen," meldet sich die Frau neben mir mit einer so herzerwärmenden Stimme, wie ich sie nur von meiner Großmutter kenne, die ich seit Jahren nicht gesehen habe.

Ich senke meinen Blick und höre mich selbst sagen, wie alt ich bin. „18!"

„Du meine Güte." Die Frau fängt an zu lachen und schließt mich in ihre Arme.

„Mein Name ist Emma Gremmlin. Ich bin deine Großmutter, habe dich seit 17 Jahren gesucht und endlich gefunden. Meine Kleiner. Schau dich nur an, du siehst aus wie deine Mutter. Ich bin so froh dich endlich gefunden zu haben."

Sie hält mich immer noch fest und langsam wird mir bewusst, warum mir diese alte Frau so vertraut vorkam, seit sie mich in der U-Bahn angesprochen hat.

„Bist du es wirklich? Josephine Laureen Gremmlin? Ich heiße Oldman mit Nachnamen, aber das liegt bestimmt daran, dass ich adoptiert wurde, das haben mir meine Eltern erzählt. Also meine Adoptiv-Eltern."

„Ja, das stimmt, Kleines, ich bin froh, dass du darüber Bescheid weißt. Ich wusste gleich, dass du es bist, deswegen musste ich dich einfach ansprechen. Jetzt kommst du erst mal mit mir nach Hause und da können wir über alles sprechen."

Da ich nicht weiß, was ich sonst tun soll, und mich die Geschichte meiner Familie und das Geschehene an diesem Tag wirklich interessiert, nicke ich nur und an der nächsten Station verlassen wir gemeinsam die U-Bahn. Glauben kann ich das Ganze so gar nicht.

Um einen kurzen Einblick in mein Leben zu bekommen: Ich bin im Alter von 2 Jahren adoptiert worden. Das haben mir meine Adoptiveltern erzählt, als ich 14 Jahre alt war. Ein großer Schock war es nicht, weil ich sie damals angesprochen habe, da wir einfach so unterschiedliche Menschen sind und wir überhaupt nichts gemeinsam haben. Ich wollte wissen, warum das so ist, und natürlich war die erste Frage von ihnen, wie ich darauf komme. Ich weiß heute, dass sie einfach Angst hatten, wie ich reagieren würde, und sie waren sich unsicher, ob jetzt schon der richtige Zeitpunkt gekommen war, mir alles über mich und meine Blutsverwandten zu erzählen.

Sie entschieden sich dafür, mir einfach zu

erzählen, dass die Tatsache, dass ich adoptiert wurde, stimmte und beließen es bei dieser Information.

Ich kam damals schnell zu der Ansicht, dass sie meine Eltern waren, da sie jahrelang für mich gesorgt haben, mich großgezogen haben und mir immer halfen und mich unterstützen.

Dennoch ließ mich das Verlangen nicht los zu wissen, wie meine leiblichen Eltern aussehen und wie sie wohl sind. Ich recherchierte viel im Internet und wendete mich auch an die Polizei, jedoch kam bei beidem nicht viel raus, ich beließ es dabei und lebe bis heute mit der Einstellung, dass wenn sie mich kennen lernen wollten, Sie es längst versucht hätten.

Die Tatsache, dass diese fremde Frau mich jetzt mit nach Hause nehmen will, beschäftigt mich den ganzen Weg. Als wir das dritte Mal umstiegen und endlich an einem Bahnhof ankamen, verkündete "meine Großmutter", dass wir angekommen sind.

"*Meine Großmutter*", das hört sich an wie in einem schlechten Film, da ich ja zwei Omas habe und mit ihnen vollkommen zufrieden bin.

Wir entfernen uns zu Fuß vom Bahnhof und laufen einen langen Berg hinauf.

Ach ja, auf dem Bahnhofsschild stand in Großbuchstaben " Immenstadt ", was ziemlich weit von zu Hause weg ist, da ich in Frankfurt-Nied wohne.

Während ich mich so beim Laufen umschaue, fällt mir auf, dass hier sehr viele Berge sind, die Luft ist kühl und da wir Anfang Oktober haben, regnet es dazu noch in Strömen. Ich schätze, wir sind eine 3/4 Stunde unterwegs, als wir in einen kleinen Hof einbiegen. Zum Vorschein kommt ein kleines Bauernhaus, das nicht sehr gepflegt aussieht und wo man im Hintergrund so etwas wie ein Kuhstall sieht. Die drei Stufen zur Eingangstür sind schnell erklommen und ich betrete hinter der alten Frau das Haus.

„Wo sind wir hier?", musste ich die alte Frau, "meine Großmutter", nun doch fragen.

„In dem Haus, in dem deine Mutter groß geworden ist." Da es mir die Sprache verschlagen hat, laufe ich den langen Flur entlang und betrachte mir die Fotos, die an der Wand hängen, und merke, wie ähnlich sich jede Generation der Gremmlins ist. Auf einmal merke ich neben mir einen Windstoß und verlasse sofort den Flur und suche Großmutter.

Ich finde sie in der Küche, wo sie gerade Tee aufsetzt.

„Ah, da bist du ja. Möchtest du auch einen Tee?" Nachdem wir gemeinsam Tee getrunken haben, und sie mir ein bisschen über den Familienstammbaum erzählt hatte, musste ich nun doch die Frage stellen:

„Warum hast du mich gesucht?"

„Die Geschichte unserer Familie ist sehr außergewöhnlich. Wir sind alle etwas

Besonderes, außer dein Vater und dein Bruder.
„Ich habe einen Bruder?"
„Ja, er ist 27 Jahre alt. Das, was dir heute Morgen passiert ist, ist normal für uns. Dein Bruder wuchs bei uns auf. Schon bald kam er nicht mehr damit, klar was wir sind und er nicht. Er lebt nun in Österreich, und wir haben ab und an noch Kontakt zu ihm. Wir haben dich weggegeben, da wir nicht wussten, ob du die Gabe auch besitzt. Wir wollten nicht, dass du, wenn du bist wie dein Bruder, uns auch verlässt. Jedoch habe ich die Aufgabe bekommen, dich zu bewachen und sobald du das erste Mal unsichtbar wirst, sollte ich dich sofort nach Hause holen, damit du weißt, dass du bist nicht die Einzige auf der Welt bis, der es so geht. Es war also kein Zufall, dass ich dich heute Morgen in der U-Bahn angesprochen habe. Ich wusste, wer du bist, und zum Glück bist du mit nach Hause gekommen."
Da ich das alles noch gar nicht so richtig glauben kann, weiß ich nicht so recht, was ich dazu sagen soll. Stattdessen bemerke ich plötzlich neben mir wieder diesen Luftzug. Ich schaue rechts und links an die Fenster, doch diese sind alle geschlossen. Mit großen Augen schaue ich meine leibliche Großmutter an, die nur zufrieden mit dem Kopf nickt. Das Klingeln meines Handys reißt mich aus dieser höchst eigenartigen Situation. Ich schaue auf den Bildschirm. Mum. Verdammt, sie machen sich bestimmt höllische Sorgen um mich. Ich hebe ab.

„Schätzchen, wo bist du? Ist alles ok bei dir? Ich mache mir solche Sorgen."

„Mum, mir geht es gut, ich bin nur ein bisschen mit der U-Bahn gefahren und habe die Zeit vergessen. Ich komme bald nach Hause, mach dir keine Sorgen um mich."

„Nicklas ist hier, er meinte, du warst heute Morgen nicht in der Schule?!?! Wo bist du verdammt noch mal? Komm sofort nach Hause!"

Ich kann ihr nicht sagen wo ich wirklich bin. Sie würde sich nur noch mehr Sorgen machen. Also beschließe ich einfach aufzulegen.

Plötzlich merke ich, wie die Luftzüge um mich herum schneller werden. Ich schaue Großmutter an, die anfängt ihre Mundwinkel nach oben zu ziehen und auf ihrem Gesicht erscheint ein grauenhaftes Lächeln.

„Was ist hier los?", höre ich mich sagen, während sie sich langsam auf mich zu bewegt. Auch die Luftzüge werden immer schneller und langsam bekomme ich es wirklich mit der Angst zu tun. Ich stehe von meinem Stuhl auf und laufe automatisch rückwärts.

Es funktioniert nicht, die Luftströme halten mich fest und katapultieren mich ohne Vorwarnung wieder zurück auf den Stuhl.

Inzwischen kommt Großmutter immer näher an mich heran. Ihre Augen sind geweitet und ihr Lächeln erinnert mich an das Grinsen von

Bösewichten, welches ich aus vielen Filmen kenne.

Ich fange an mit aller Kraft zu versuchen hier so schnell wie möglich zu verschwinden, aber mir gelingt es einfach nicht.

Ich schreie sie an, vielleicht reagiert sie ja und entfernt sich von mir. Doch das nutzt alles nichts.

Mittlerweile steht sie unmittelbar vor mir und schaut mich eindringlich an, während ich im Hintergrund anfange Gestalten zu sehen, die die Umrisse derer Menschen haben, die mir am liebsten sind.

Mama, Papa, Oma, Opa und Nicklas. Sie haben dasselbe Grinsen wie Großmutter aufgesetzt und folgen ihr in meine Richtung.

Soweit ich das sehe, haben sie alle plötzlich keine Beine mehr und schweben durch dein Raum um mich herum.

Ich höre ihr schelmisches Lachen und weiß nicht, was sie vorhaben. Ich schreie und versuche mich zu wehren und aufzustehen, dass ich sofort das Haus verlassen kann und weit weg rennen kann. Doch es funktioniert nicht.

Weit entfernt fange ich an ein Klopfen zu hören. Anfangs scheint es weit weg zu sein, doch es wird immer lauter.

Ich schreie immer noch und winde mich vergebens in der Hoffnung, dass sie mich endlich loslassen. Inzwischen ist das Klopfen so laut geworden, dass es in meinen Ohren wiederhallt.

Ein Beben erschüttert mich und ich höre meinen

Freund laut und energisch meinen Namen rufen.
„Isabella…..   Isabellaa…….
ISSAAABBEELLAAA!!!"

Ich schlage die Augen auf, und schaue Ihm direkt
in die Augen. Ich nehme wahr, dass ich in
unserem Schlafzimmer bin, und höre seine
Stimme ganz nah an meinem Ohr.
„Maus, du hattest einen Alptraum. Ich bin hier, es
ist alles gut!!"
Erleichtert lasse ich mich in seine Arme sinken,
atme tief durch und bin einfach nur froh, dass
alles nur ein Traum war.
*Dennoch kann es sein das dieser Traum
irgendwann Wirklichkeit wird*, schleicht es durch
meine Gedanken. Das ist jedoch eine andere
Geschichte.

To Do Part 2:
Finde heraus, was hier steht und beginne:

4Sei kreativ 2Platz für 7kannst! 3deinen Traum. und5 zeig mir wie 6toll du malen 1Hier ist

<u>Pokerglück ???</u>

Lukas Riemenschneider

An einem verregneten Tag im November saß James am Fenster und betrachtete die Regentropfen, wie sie unaufhörlich gegen das Fenster prasselten. Dieses Wetter passte zu seiner Stimmung. So grau und traurig so dunkel und verloren. An diesem Vormittag hatte sein Chef ihm aus unerfindlichen Gründen gekündigt. James hatte seinen Job in der Bank geliebt. Er liebte alles, was damit zu tun hatte: Zahlen Risiken, Verlust und Gewinn. Er fragte sich, wie er das seiner Frau beibringen sollte, wie er seine zwei Kinder demnächst ohne Job ernähren sollte. Je länger er darüber nachdachte, umso mehr überfielen ihn diese schlechten Gedanken. Er wollte sich selbst und seiner Familie eine gute Zukunft bieten, ein schönes Leben ermöglichen, doch das war mit einem Schlag nichtig geworden. James wurde aus seinen Gedanken gerissen, als er seine Frau hörte, die ihn zum Abendessen rief.

Er ging ins Wohnzimmer und setzte sich an den Tisch, seine 2 Söhne saßen schön am Tisch und erwarteten sehnsüchtig das Essen. Als seine Frau Jessica aus der Küche kam mit einer Auflaufform in der Hand, lächelte sie, als ob sie sich freuen würde, dass ihre komplette Familie anwesend war. Sie stellte die Auflaufform auf den Tisch und teilte ihren Kinder das Essen aus. Als sie James die Auflaufform reichte, fragte sie ihn: "Na,

Schatz, wie war dein Arbeitstag?" James überlegte was er ihr antworten sollte. Soll ich ihr die Wahrheit sagen, fragte er sich selbst. Doch er entschied, dass es besser sei nicht die Wahrheit zu sagen vor den Kindern. So entgegnete er: "Ja, es war alles wie immer, viel Arbeit und jede Menge Stress." Jessica schien sich mit dieser Aussage zufriedenzugeben und sprach dieses Thema das ganze Abendessen über nicht mehr an.

Als die Kinder ins Bett gegangen waren und James mit seiner Frau gemütlich bei einem Glas Wein im Wohnzimmer saß, überlegte er sich, ob es jetzt der richtige Zeitpunkt war, über den Job - Verlust zu reden. Doch er entschied, dass er das für sich behalten würde. Als er im Bett lag und versuchte zu schlafen, überfielen ihn wieder die schlechten Gedanken. Er versuchte sie beiseitezuschieben und zu schlafen, doch dies gelang ihm nicht. James wälzte sich in seinem Bett herum, von der einen zur anderen Seite. Schlussendlich schlief er doch ein. Am nächsten Tag tat er so als würde er wie jeden Tag das Haus verlassen und zur Arbeit gehen. Doch in Wirklichkeit ging er in die Stadt und suchte die nächstbeste Kneipe, um seine Sorgen im Alkohol zu ertränken. Als James so gedankenversunken sein Bier trank, setzte sich ein bärtiger Mann neben ihn. James beachtete ihn nicht weiter, doch, als er ihm auf die Schulter klopfte und ihn fragte, warum er so traurig da sitze, sagte James: "Ich habe meinen Job verloren und habe Geld sorgen."

Der Mann lächelte und stellte sich vor. "Ich bin Ryan. Geldsorgen, so so," sagte er „da kann ich dir vielleicht helfen." James fragte: " Echt? " Ryan sagte: „Ja, ich kenne eine Möglichkeit, schnell an Geld zu kommen." Insgeheim dachte James: "Oh mein Gott, lass es etwas Legales sein." Ryan sagte: "Ich spiele oft hier um die Ecke Poker und hab auch schon oft gewonnen." Schlagartig erhellte sich James' Miene. Ryan meinte, er könnte ihn ja mal seinen Freunden vorstellen und sie könnten mal eine Runde pokern. James war einverstanden und ließ sich Ryans Adresse geben. Als James nach Hause ging, freute er sich innerlich, eine kurzfristige Möglichkeit aufgetan zu haben, um schnell an Geld zu kommen.

Als er zu Hause ankam, war er richtig gut gelaunt. Er klingelte an der Haustür und Jessica öffnete ihm. Sie ließ ihn herein und stellte wieder die üblichen Fragen, wie der Tag gewesen sei und ob mit ihm alles o.k. sei. James antwortete darauf: "Na klar, mein Schatz, alles ist bestens." Er stellte seinen Koffer ab und ging ins Arbeitszimmer. James wollte sich im Internet schlaumachen, wie man Poker spielt. Da er aber sowieso Zahlen mochte, dachte er sich, dass das kein Problem für ihn darstellen sollte. Nach kurzer Recherche fand er bei Amazon ein Buch, das die Regeln von Poker erklärte. James bestellte es und dachte sich

„So, jetzt muss ich nur noch 2 Tage warten, das Buch lesen und dann bin ich bestens vorbereitet."

Zwei Tage später kam das Buch an. James nahm das Buch mit in die Kneipe, in der er in letzter Zeit Dauergast war. Er wollte gerade anfangen das Buch zu lesen, da kam die Kellnerin und fragte: "So wie immer, James?" James nickte und bekam kurz darauf einen Jägermeister und ein Bier. Er lehnte sich in der Eckbank zurück, zündete sich eine Zigarette an und begann das Buch zu lesen. Er war so vertieft in das Buch, dass er nicht merkte, wie die Zeit verging. Es fiel ihm erst auf, als er einen Schluck von seinem Bier trank und es schon etwas schal schmeckte. James sah auf die Uhr und stellte erschreckt fest, dass es schon halb vier war. Er trank den letzten Schluck Bier aus und bezahlte seine Zeche. Auf dem Nachhauseweg spielte er zahlreiche Poker - Szenarien im Kopf durch und überlegte, wie er am besten reagieren sollte. Als er zu Hause ankam, ging er ins Bad. Im Buch stand, dass man fürs Pokerspielen ein Pokerface benötige. Das heißt, dass man keine emotionale Regung im Gesicht zeigen soll. Er versuchte, sich im Spiegel ganz starr anzugucken. Als ihm das gelang, dachte James sich, dass er bereit war, um sein neu erworbenes Können am nächsten Tag auszuprobieren.

Am darauf folgenden Morgen war er schon voller Vorfreude und ging sogar etwas früher aus dem Haus. James ging geradewegs zu der Adresse, die ihm Ryan gegeben hatte. Er ging in einen dunklen Hinterhof und klopfte an eine rote Tür, aber niemand öffnete ihm. James wollte gerade die Faust zum zweiten Mal erheben, um nochmals anzuklopfen, als sich plötzlich die Tür öffnete und Ryan vor ihm stand. "Hey James, was willst du denn hier?" fragte ihn Ryan. James antwortete darauf: " Ich würde gerne eine Runde mit euch pokern so, wie es abgemacht war." Ryans Gesicht erhellte sich und er öffnete die Tür weiter und ließ James herein. James folgte Ryan durch einen schmalen dunklen Gang bis dieser eine weitere Tür am Ende des Gangs öffnete.

Hinter der Tür saßen fünf Leute in einem verqualmten Raum an einem runden Tisch und spielten eifrig Poker. In der Mitte des Tisches lag ein Haufen Geldscheine. Ryan stellte James die Leute an dem Tisch vor und schlug ihm vor sich zu ihnen zusetzten. So setzte sich James auf den einzig freien Stuhl und beobachtete die laufende Pokerrunde. Als die Runde beendet war, fragte ihn der Mann neben ihm, ob er mit einsteigen wolle. James nickte. Der Mann erklärte ihm, dass der Wert der Small Blinds 50 Euro betrüge und der der Big Blinds 100 Euro. James erschrak innerlich, „so viel Geld!!" Ryan sah seinen erschrockenen Blick und entgegnete: "James, du willst doch schnell viel Geld machen oder nicht?" James sagte: "Na klar", und legte die ersten 50 Euro auf den Tisch. Und so begann das Spiel.

Die ersten Runden gewann James und er wurde übermütig. Er bluffte die ganze Zeit, doch dann ging es mit seinem Spielglück bergab. Am Ende der Pokerrunde schuldete er Ryan 150 Euro. Ryan sagte: "Kein Problem, James, ich leihe dir das Geld, aber nächste Woche will ich das Geld zurückhaben!" James sagte Ryan zu, dass er nächste Woche das Geld von ihm bekommen würde. Insgeheim grübelte er, wie er das Geld auftreiben sollte und schon wieder überfielen ihn die Sorgen der letzten Wochen. Wie sollte er ohne Job das Geld auftreiben?

Mutlos ging er nach Hause, wo ihn schon seine Familie erwartete. Jessica sah seinen traurigen Blick und fragte ihn: "Schatz, stimmt etwas nicht?" James entgegnete: "Doch, doch, nur ein bisschen Stress auf der Arbeit." Jessica gab sich mit der Antwort zufrieden.

Als James zu Bett ging, machte er sich große Sorgen, wie er ohne Job das Geld auftreiben sollte. Dann kam ihm eine Idee! Er könnte seinen Dispo bei der Bank überziehen und so Ryan das Geld zurück zahlen und noch eine Runde Poker spielen, um mit Gewinn aus der Sache raus zukommen. Am nächsten Tag setzte James seine Idee in die Tat um.

Am späten Nachmittag klopfte James wieder bei Ryan und übergab ihm das Geld. Ryan forderte ihn auf, doch noch eine Runde mit den Jungs zu pokern. Am Ende des Spiels schuldete James

Ryan 500 Euro und er hatte sogar seine teure Rolex, die ihm Jessica zum Hochzeitstag geschenkt hatte, verloren. Ryan schob ihn unsanft zur Tür hinaus. Bevor er die Tür schloss, sah er James direkt in die Augen und sagte: "Bring mir das Geld morgen mit, sonst ziehen wir andere Seiten auf."

James lief verstört die Straßen entlang, er hatte gar keine Lust, jetzt nach Hause zu gehen. Er ging in den Park und setzte sich auf eine Bank und dachte über seine Probleme nach. Er wurde aus seinen Gedanken gerissen, als sein Handy klingelte. Jessica war am Telefon sie fragte: "Wo bist du? Wir haben 23 Uhr. Ich habe mir Sorgen gemacht, musstest du länger arbeiten?" James bejahte die Frage und versprach Jessica bald nach Hause zu kommen. Als James nach Hause kam, schliefen schon alle, also versuchte er so leise wie möglich in sein Bett zu kommen. Am nächsten Morgen ging er wie üblich in die Kneipe. Er bestellte sich wie immer einen Kurzen und ein Bier. Als James sein Bier trank, versuchte er sich den besten Weg auszudenken, wie er aus dieser Situation heraus kommen sollte.

Aber im Endeffekt fiel ihm nichts Besseres ein, als auf sein Glück zu vertrauen und es noch mal beim Pokern zu versuchen. So ging er wieder zu Ryan. Als dieser die Tür öffnete, stellte er James direkt die Frage, ob er das Geld hätte. Als James dies verneinte, wurde er von Ryan zu Boden gestoßen und mit einem Messer bedroht. James versuchte von Ryan weg zu kriechen, doch dieser packte ihn am Kragen und zog ihn hoch. Ryan blickte James fest in die Augen und sagte: "Ich gebe dir noch eine allerletzte Chance deinen Verlust wieder gut zu machen und mir das Geld zurück zu zahlen." Mit diesen Worten zog Ryan James in den Hausflur und setzte ihn an den Pokertisch. James sah in fünf finstere Gesichter und dachte sich „Ohh, Mann, in was bin ich da hineingeraten? Lieber Gott, lass mich das Spiel gewinnen, sonst bekomme ich große Probleme." Bevor James sich die Probleme ausmalen konnte, begann die Letzte und alles entscheidende Pokerrunde...

To Do Part 3:
Klebe hier deine
Lieblingsspielkarte(n) ein!

Regenspaziergang

Julia Hartmann

Der Regen prasselte gegen die Scheibe. Es war Oktober und die Blätter fingen schon an sich gelb, rot und braun zu verfärben.

Er war vom Geräusch des Regens auf dem Dach wach geworden. Er drehte sich noch einmal im Bett um. Was sollte das schon für ein Tag werden, der schon mit strömendem Regen anfing, dachte er. Doch man konnte ja nicht den ganzen Tag im Bett liegen bleiben. Also stand er schließlich auf, ging die Treppe hinunter und machte sich eine Tasse Tee. Während er am Esstisch saß und dem Regen zuschaute, hörte er die alte Kuckucksuhr draußen im Flur. Als er die Tasse leer getrunken hatte, stand er auf, ging in den Flur, holte Regenmantel und Hut und trat vor dir Tür. Kaum war sie ins Schloss gefallen und stand er nun im trüben Nass, fragte er sich, warum er überhaupt bei diesem Wetter raus gegangen war. Doch noch ohne groß weiter darüber nachgedacht zu haben, war er auch schon auf dem Weg zur Gartenpforte. Auf dem Bürgersteig angelangt, blieb er kurz stehen und drehte sich noch einmal um. Dann ging er weiter die Straße entlang. Die Regentropfen tropften direkt vor seiner Nase von seinem Hut herunter. Das Regenwasser, das sich in der Straßenrinne sammelte, bahnte sich seinen Weg und floss zum nächsten Gully, der aber von lauter Blätterlaub verstopft, kaum Wasser durchsickern ließ. Er war nun schon eine ganze Weile gelaufen und am

Waldrand angekommen. Inzwischen hatte auch der Regen nachgelassen. Nur hier und da tropften noch einige Tropfen von den Bäumen, deren Äste noch von dem Schauer nach unten hingen. Durch den Regen waren noch mehr Blätter abgefallen. Eines davon las er vom Boden auf. Es hatte die Form eines Herzens. Wie hübsch, dachte er. Da entdeckte er einen Vogel oben im Baum sitzen. Doch kurz darauf flog dieser auch schon weg. Am Himmel erblickte er nun eine ganze Schar von Vögeln, die immer Kreise zogen, um ihre Artgenossen zu versammeln. Wohin sie wohl fliegen, fragte er sich.

Doch die Vögel antworteten ihm nur mit ihrem Geschrei. Er wandte seinen Blick wieder auf den Weg und lief weiter. Der Waldboden war durch den Regenschauer aufgeweicht und matschig. Deshalb lief er am Wegrand, damit seine Stiefel nicht so schmutzig wurden. Das nasse Laub war rutschig, er musste aufpassen, dass er nicht hinfiel. Es fielen immer noch vereinzelt Regentropfen von den Bäumen. Nach einer Weile war er wieder unter freiem Himmel. Der Waldweg führte an einer angrenzenden Wiese entlang. Da entdeckte er eine Schnecke, die auf dem Gras kroch, das vom Regen runter gedrückt war. Ganz langsam kam sie voran. Er beobachtete die Schnecke einen Moment lang wie sie sich durch das Gras bewegte. Wohin sie wohl kriecht, fragte er sich. Doch die Schnecke kroch still weiter durch das Gras. Also lief er auch er weiter.

Er wusste nicht genau wie lange er schon unterwegs war, doch schließlich war er nicht mehr auf dem Waldweg, sondern war bis zum Park gelaufen. Dort war er schon ewig nicht mehr gewesen. Früher hatte er im Sommer oft auf einer der Bänke gesessen, da man im Park durch die großen dicht beblätterten Kastanienbäume noch ausreichend Schatten fand. Blätter waren nun kaum noch an diesen Bäumen, aber dafür lagen auf dem Boden unzählige Kastanien. Er sammelte einige davon und steckte sie in seine Manteltasche. Dann ging er über eine Brücke, die über einen Bach führte. Auf halbem Weg blieb er stehen und beugte sich über das Geländer. Er betrachtete, wie das Wasser vor sich hin floss. Da fiel im das herzförmige Blatt ein, das er ausgelesen hatte. Er ging zum Bachufer, bückte sich und setzte das Blatt auf das Wasser. Kaum hatte es die Wasseroberfläche berührt, schwamm es auch schon davon. Er schaute dem Blatt nach wie es durch die Strömung fort getragen wurde. Wohin es wohl schwimmt, fragte er sich. Aber da war das Blatt auch schon längst außer Sichtweite verschwunden. Er stand wieder auf, blickte noch einmal in die Richtung, in die das Blatt davon geschwommen war. Dann machte er sich auf den nach Hause Weg. Als er wieder in seine Straße einbog, las er das Straßenschild. Es war blau-weiß und noch in altdeutscher Schrift geschrieben. Das Wasser, das sich vorhin noch in der Straßenrinne gesammelt hatte, war nun doch im Gully versickert. Er näherte sich langsam seinem Haus. Er schaute auf den Boden, während er lief, betrachtete das Muster, das die Platten auf dem Bürgersteig formten. Eine der Platten war gebrochen, in dem Loch hatte sich eine Pfütze gebildet. Die Wolken am Himmel spiegelten sich darin. Langsam zogen sie vorüber. Wohin sie wohl ziehen, fragte er sich. Doch die Wolken waren schon wieder weiter gezogen und die Sonne kam zum Vorschein. Er drehte sein Gesicht gen Himmel und schloss die Augen. Die Sonnenstrahlen wärmten sein Gesicht. So blieb er eine Weile stehen und genoss den Moment. Als er die Augen wieder öffnete, wandte er sich noch einmal in die Richtung um, aus der er zuvor gekommen war. Da erblickte er oben am Himmel, schön und rund, ein Regenbogen in kräftig bunten Farben. Wie schön, dachte er. Und so blieb er eine ganze Zeit lang stehen, bis der Regenbogen schließlich wieder verblasste.

Er nahm einen tiefen Atemzug und drehte sich langsam um, setzte seinen Heimweg langsam vor sich her trottend fort. Als er vor seiner Gartenpforte ankam und gerade die Klinke herunterdrücken wollte, erblickte er eine Katze vor seiner Haustür sitzen. Er zögerte einen Moment lang. Die Katze saß da und rührte sich nicht vom Fleck. Stumm blickten sich die beiden an. Schließlich stand die Katze auf und lief durch die Latten des Gartenzauns zum Nachbarn herüber. Dort sprang sie auf eine halbhohe

Mauer, die zum Eingangsbereich gehörte. Er schloss nun seine Haustüre auf, legte seine Sachen ab und setzte sich mit einer Tasse Tee an den Küchentisch. Die Katze, die er vom Fenster aus sehen konnte, saß immer noch auf der Mauer, sie putzte sich. Abends stand er an seinem Schlafzimmerfenster und schaute in die dunkle Nacht hinein. Dann zog er die Vorhänge zu und ließ die kalte Nacht draußen im Freien. Als er im Bett lag, dachte er bei sich, es war doch ein schöner Tag. Mal sehen, was der nächste Morgen bringt.

Doch ich konnte es nicht

Michelle Deddner

Als ich geboren wurde, war die Welt noch nicht das was sie heute ist. Grau und dreckig. Damals war alles besser. Zumindest für mich. Heute bin ich sehr alt und weiß, dass ich bald sterben werde. Natürlich bin ich traurig, denn ich war immer gerne hier und habe die Menschen beobachtet. Als ich noch jünger war, gab es hier eine Bank. Sie war, wenn ich mich recht erinnere, blau. Früh morgens kam immer eine alte, grauhaarige Dame vorbei. Sie fütterte Vögel und erzählte mir Geschichten. Meist handelten sie von ihrer Vergangenheit. Ihren Reisen in ferne Länder und Abenteuer mit den verschiedensten Menschen. Eine ihrer Geschichten geht mir bis heute nicht aus dem Kopf.

Ich war neunzehn und gerade hatte ich angefangen, in einer großen Firma zu arbeiten. Mit sechs anderen Frauen saß ich Tag für Tag im Büro und tippte auf meiner Schreibmaschine Rundschreiben und Briefe. Ich hasste diese Arbeit, aber meine Familie brauchte das Geld so dringend. Vater war erst vor einem Jahr an Krebs gestorben und Mutter konnte uns vier Kinder als Näherin nicht allein durchbringen. Also raffte ich mich jeden Morgen auf und ging bei Sonnenaufgang dort hin und kam bei Sonnenuntergang wieder nach Hause, um mit meinen Geschwistern für Mutter zu kochen. Denn obwohl ich schon viele Stunden dort verbrachte, musste sie doch immer länger für unser Geld etwas tun. Meine Geschwister waren zu jung, um zu arbeiten. Der Älteste war gerade zwölf geworden. Also waren nur Mutter und ich übrig. Mir machte es nichts aus zu arbeiten, jedoch gefiel es mir dort nicht. Ich war niemand, der den ganzen Tag rum sitzen und schreiben konnte. Ich wollte hinaus und etwas von der Welt sehen, Menschen kennen lernen und Abenteuer erleben. Mein Wunsch sollte mir schneller erfüllt werden, als ich gedacht hatte.

Es war wieder einmal solch ein trostloser Tag, an dem ich auf meiner Schreibmaschine herum tippte und wie gewöhnlich bei Sonnenuntergang nach Hause ging. Auf dem Weg durch die immer dunkler werdenden Straßen fühlte ich mich unbehaglich, beobachtet und verfolgt. Ich lief also einen Schritt schneller, um zum großen Platz zu kommen, auf dem es um diese Uhrzeit noch recht belebt war. Als ich dort ankam, sah ich mich hektisch um, weil ich doch langsam in Panik geriet. Als ich aber hinter mich blickte, erschrak ich fast zu Tode. Madame Marie stand keinen Meter von mir entfernt und lächelte mich an. Ich muss sehr verdattert ausgesehen haben, denn ihr Lächeln wurde noch heller. Sie war eine hübsche Frau mit roten Locken, die ihr auf die Schultern fielen. Im Gegensatz zu vielen anderen Frauen in ihrem Alter war sie schlank und sah jung aus. Sie war die Frau des Bürgermeisters und hatte schon vier Kinder zu Welt gebracht.

Nachdem ich mich von dem Schrecken ein wenig erholt hatte, sprach sie mich mit höflich ruhigem Ton an. Sie erzählte mir, dass ihr Mann eine Arbeit zu vergeben hätte, die für mich sehr interessant sein könnte, und lud mich, ohne zu wissen, ob ich denn Interesse hätte, am nächsten Morgen zu einem Frühstück ein. Ich war sehr verblüfft, stimmte dennoch zu und lief so schnell wie nur möglich nach Hause, um die Nachricht zu überbringen. Auch Mutter war verwundert, denn normalerweise hatte die Bürgermeistergemahlin weniger Kontakt zu uns Arbeitern. Ich wusste nicht einmal, woher sie mich kannte. Trotzdem machte ich mir keine Gedanken und ging zu Bett, um für den nächsten Tag ausgeruht zu sein.

Als am nächsten Morgen der Hahn unserer Nachbarin Madame Malkin krähte sprang ich vor Freude und Aufregung aus dem Bett. Leise, weil meine Geschwister noch schliefen, schlich ich mich in unser kleines Bad. Sorgfältig kämmte ich mir meine Haare und flocht sie dann zu einem Zopf. Weil ich nicht wusste, was mich beim Bürgermeister erwarten würde, zog ich mein Sonntagskleid an. Eigentlich hätte ich, wie jeden Morgen, das Frühstück für Mutter und die Kleinen machen müssen. Ich vergaß es in der Aufregung und machte mich schnellen Schrittes auf den Weg zum Rathaus. Ich liebte es, früh morgens durch die Stadt zu laufen. Der Duft der frischen Brötchen, das Treiben auf dem

Marktplatz und die dünnen Nebelschwaden, die sich, wenn die Sonne aufging, verzogen. Eigentlich blieb ich meistens bei Monsieur Frederik stehen, um mit ihm über den Gemüseanbau zu sprechen. Sein Gemüse war das beste weit und breit und wir versuchten in unserem kleinen Gärtchen ebenfalls gutes Gemüse anzubauen. Aber heute war ich zu abgelenkt von meinen eigenen Gedanken. Tausende Fragen über den genauen Grund der Einladung und den Ablauf des Essens schossen mir durch den Kopf. In Gedanken versunken, erreichte ich das Rathaus. Ich war bis zu diesem Tag nur einmal im Inneren gewesen, letztes Jahr nach dem Tod meines Vaters. Nun stand ich davor und meine Knie zitterten schrecklich. Höflich, wie meine Eltern mich erzogen hatten, klopfte ich an und wartete einen Moment, bevor ich die Tür öffnete. Drinnen war alles hell erleuchtet und ich kam mir sehr fehl am Platz vor. Etwas verloren schritt ich den Gang entlang und fragte mich, ob es hier jemanden gab, der mir weiter helfen konnte. Ich hatte großes Glück, denn am Ende des Flurs stand eine Tür offen und ich konnte Madame Maries Stimme hören. Verhalten klopfte ich an und die Tür öffnete sich. Herzlich wurde ich von dem Bürgermeisterpaar begrüßt und darum gebeten, mich zu setzten. Der Raum, in dem wir saßen, war schlicht eingerichtet, aber trotzdem angemessen für Monsieur Monet. Ohne auf das eigentliche

Thema einzugehen, frühstückten wir die herrlichsten Sachen. Wir als Arbeiter konnten uns nicht viel leisten, aber das Oberhaupt der Stadt hatte Geld genug. Es gab Mangos, Eier in verschiedenen Variationen, Brot und Brötchen, eingelegtes Gemüse, Käse und Wurst und meine Lieblingsspeise: Schokoladenpudding.

Ich schlug mir den Bauch voll, jedoch nicht so sehr, dass ich ein falsches Bild abgab. Nach dem Essen wurde ich auf die Terrasse gebeten, auf der ein Tisch mit zwei Stühlen und einem Teeservice stand. Ich bemerkte, dass Madame Marie sich zurück zog und einen schönen Tag wünschte. Als wir saßen, traute ich mich nicht, auch nur ein Wort zu sagen, obwohl ich schrecklich aufgeregt war, was für eine Arbeit der Bürgermeister für mich hatte. Nachdem mir grüner Tee eingegossen wurde, stieg meine Aufregung nur noch mehr. Wann erfuhr ich endlich von der Aufgabe? Ich begann mit dem Fuß zu wippen und vergaß alles um mich herum, leider auch, wie ich angesprochen wurde. Er musste schon zum fünften Mal meinen Namen gesagt haben, bis ich reagierte. Lächelnd sah er mich an und begann, endlich, über die Arbeit zu sprechen. Was mir der werte Bürgermeister erzählte, fühlte sich wie ein Traum an. Ich hatte die Möglichkeit zu reisen, ferne Städte zu sehen und meiner Familie finanziell noch mehr unter die Arme zu greifen. Er bot mir an, einen festen Betrag an meine Mutter zu schicken, und mir jeden Monat, den ich wieder in der Stadt war, einen stattliches Gehalt zu geben, um mich auf Reisen zu verpflegen. Ich war so überglücklich, dass ich aus dem Lächeln nicht mehr raus kam. Botschafterin unserer kleinen Stadt. Etwas Besseres gab es kaum. In diesem Moment wollte ich nicht wissen wieso und welchen Haken es gab. Ich freute mich einfach so sehr, auf Reisen zu gehen. Es bedeutete zwar, dass ich meine Familie nicht mehr so oft sehen konnte, aber sie war abgesichert. Vater wäre stolz gewesen. Monsieur Monet versicherte mir, dass er sich um alles kümmern würde, bezüglich der Kündigung im Büro und dem nahtlosen Übergang zum Botschafterdasein. In der kommenden Woche sollte ich mich schon auf die erste Reise machen.

Die Neuigkeiten kamen zu Hause sehr gut an und meine Mutter versprach uns Kindern für den nächsten Tag ein Festmahl und das wurde es auch. Wir feierten unser besseres Leben.

Wie vereinbart, machte ich mich in der darauf folgenden Woche auf den Weg in eine weit entfernte Stadt und es war das größte Abenteuer meines bis dahin kurzen Lebens. Ich lernte auf dem Weg viele nette Menschen kennen, die mir mit Essen und Wegbeschreibungen weiter halfen und so manch einer spendete mir bei Unwettern auch einen behaglichen Unterschlupf. Und obwohl nach dieser Reise noch viele folgten, war es die Spannendste. Endlich hatte sich mein Wunsch erfüllt, ich konnte reisen, unterwegs sein *und meine Familie allein ernähren. Mutter konnte mit dem Arbeiten aufhören und sich um meine Geschwister kümmern. Für mich war es keine Bürde, sondern ein Segen.*

Obwohl mich diese Geschichte berührte, weil die alte Dame sich Herzenswunsch erfüllen konnte, habe ich ihr nie geantwortet. Ich konnte es nicht. Sie kam zwei Winter und zwei Sommer lang zu der Bank und erzählte. Eines Morgens, nach einer sehr stürmischen Nacht, die mich durchgewirbelt hatte, kam sie nicht mehr. Ich wartete Tage und Wochen, doch sie kam nicht. Ich war sehr bestürzt und traurig, weil ich ihre Geschichten geliebt hatte. Die Bank blieb lange leer. Kaum jemand setzte sich um einen Moment der Ruhe zu genießen. In der Zeit war ich sehr einsam, doch eines frühen Abends kam ein Mädchen, nein beinahe eine Frau, vorbei und ließ sich nieder. Sie hatte lange schwarze Haare, war schlank, sportlich und hatte die schönsten blauen Augen, die ich je gesehen habe. Niemals hätte ich gedacht, mich zu verlieben. Sie saß sehr lange dort und schien auf jemanden zu warten. Es war Winter, weshalb sie auch einen dicken Mantel trug, jedoch weder Schal noch Mütze. Es wurde später und somit auch kälter und das Mädchen zog ihre Arme näher an sich heran. Sie musste so schrecklich frieren, doch blieb sie sitzen. Ich hatte großes Mitleid und wollte ihr helfen. Doch ich konnte es nicht. Nach schier unglaublich langer

Zeit kam ein Mann des Weges und als sie ihn erblickte, spannte sich ihr Körper an. Es schien mir, als habe sie auf ihn gewartet. Doch er lief einfach an ihr vorbei und sie blieb sitzen. Lange noch sah das Mädchen ihm nach. Selbst dann noch, als ich nichts mehr erkannte. Nachdem eine Weile vergangen war, erhob sie sich und ging. Die nächsten Tage war es immer das gleiche Schauspiel. Sie saß da, mit ihrem dicken Mantel und wartete. Selbst einmal, als es bitter kalt und nass war, kam sie und saß dort. Immer wieder kam der Mann des Weges und lief an dem Mädchen vorbei. Doch eines Abends änderte sich etwas. Das Mädchen erhob sich, als sie den jungen Mann am Horizont erblickte. Gespannt stand sie da und wippte leicht mit dem Fuß. Als er nah genug war, sprach sie ihn an. Ich verstand nicht, was sie sagten, doch als sie sich verabschiedeten, strahlte sie glücklich und lief schnellstens davon. Die nächsten Wochen kam keiner der beiden vorbei und ich vermisste das Mädchen mit den blauen Augen. Ich war so schrecklich einsam und freute mich sehr, wenn ich am Horizont einen Drachen sehen konnte. Doch dann, eines nachmittags, ich blickte mich so um, da erhaschte ich ihre blauen Augen. Kein Mensch, den ich jemals gesehen hatte, hatte solch wunderschöne Augen.

Sie glitzerten in der Sonne, obwohl sie sie zukneifen musste wegen der Helligkeit. Sie kam direkt auf mich zu und ich konnte den Blick nicht abwenden. Plötzlich blieb sie stehen und drehte sich zur Seite und erst dann nahm ich ihn wahr, den jungen Mann an ihrer Seite. Sie küsste ihn sanft und er nahm dabei ihren Kopf in die Hand. Jetzt wo ich ihr Gesicht nicht mehr sehen konnte, betrachtete ich sie genauer. Sie war gewachsen und hatte sich ihre Haare geschnitten. Nun reichten sie ihr nur noch bis zu Schulter und waren an den Spitzen leicht gelockt. Ihr schlanker Körper war rundlicher geworden, fraulicher. Sie trug ein knielanges, weißes Kleid mit blauen Blumen und dazu helle Schuhe mit einer Schleife. Nachdem ich mir ihr Bild genauestens eingeprägt hatte, sah ich mir den Mann an ihrer Seite genauer an. Er war groß und kräftig, hatte braune Haare und trug einen schicken Anzug. Beinahe sah es so aus, als hätten sie eine Verabredung gehabt. Ich wollte es nicht zugeben, nicht wahrhaben, aber ich war verletzt. Ich hatte sie so sehr vermisst, diese Frau mit den blauen Augen und jetzt kam sie nach schier endlos langer Zeit wieder und war mit diesem Mann zusammen. Ich beobachtete sie mit Argwohn. Sie ging so vertraut mit ihm um und er strahlte so sehr neben ihr. Beide liefen auf mich zu, doch keiner blieb stehen, um sich auf die blaue Bank zu setzten. Lange noch sah ich ihnen nach und hoffte, dass sie noch einmal zurückkamen.

Am nächsten Morgen, es war noch recht früh und die ersten Jogger kamen an mir vorbei, die nahe gelegene Bäckerei duftete schon herrlich nach frischen Brötchen, da nahm ich ein leises Schluchzen war. Ich blickte mich um und sah auf der Bank, die Frau, „meine" Frau. Sie sah betrübt und sehr niedergeschlagen aus. Ich wollte mit ihr sprechen, sie trösten, erfahren, was passiert war. Doch ich konnte es nicht. Sie saß stundenlang dort und manch eine Frau mit Kinderwagen oder Mann in Sportbekleidung hielt an, um zu fragen, ob denn alles in Ordnung sei. Jedes Mal nickte sie und fing wieder bitterlich an zu weinen, wenn derjenige außer Hörweite war. Gegen Nachmittag dann fing es leicht an zu regnen und trotz der Tatsache, dass sie keinen Schirm dabei hatte und auch sonst nur ein dünnes Tuch um die Schultern trug, blieb sie sitzen. Ihr schwarzes Haar hing bald in Strähnen ihr Gesicht hinunter und ließ sie noch leidender aussehen. Aus dem leichten Regen wurde ein heftiges Unwetter, ich sah kaum noch die Laterne auf der anderen Seite des Weges, aber sie rührte sich nicht. Mein Verlangen, ihr zu helfen, wurde immer stärker. Doch ich konnte es nicht. Erstarrt blieb ich stehen und sah sie nur an. Ich wusste nicht, was ich hätte tun können, aber mir fiel ein Stein vom Herzen, als der Regen etwas nachließ und ich in der Ferne eine schwarze Gestalt sehen konnte. Inständig hoffte ich, es wäre Hilfe für die Frau und das war es. Der Mann kam des Weges mit einem Regenschirm und einer Decke. Er sah sich um und erblickte sie auf der Bank. Eilig wurde ihr die Decke um die Schultern gelegt und der Schirm über den Kopf gehalten. Wild gestikulierend und mit lauter boshafter Stimme, redete er auf sie ein. Sie schwieg zu Beginn und weinte, bis es ihr, allen Anschein nach, zu viel wurde und sie zurück brüllte. Eine gefühlte Ewigkeit stritten sie sich im Regen, doch mit der Zeit wurden sie leiser, bis sie sich nur noch zornig anstarrten. Dadurch, dass sie sich unter dem Regenschirm sehr nah waren, fiel es beiden schwer, still zu halten, und so dauerte es nicht lang, bis sie sich küssend in den Armen lagen.

Ich habe bis zu diesem Zeitpunkt viele Paare gesehen, die sich so verhielten. Streiten und dann küssen. Doch es war das erste Mal, dass es mir so wehtat. Hätte ich wegschauen können, ich hätte es getan. Aber ich konnte es nicht. Der Regen ließ nicht nach, auch nicht, nachdem das wieder vereinte Paar weg war. Also stand ich allein am Wegesrand und starrte hinauf in den Himmel. Dunkle, graue Wolken zogen vorbei, der Wind peitsche durch die Bäume und die Vögel versteckten sich und schwiegen. Ich war so tief bestürzt, dass ich mich auch in den folgenden Tagen an nichts erfreuen konnte, weder an den spielenden Kindern noch den älteren, lachenden Damen. Wieder einmal verstrichen die Tage, mal im Fluge und mal wie Kaugummi. Ich versank so in meiner Traurigkeit und Wut über den Mann, der meiner schwarzhaarigen Schönheit wehgetan hatte und ihrer Dummheit, ihn zurück zu nehmen. Ein kleiner Funke in mir enthielt jedoch die

Hoffnung darauf, dass sie wieder hier her kam und sich zu mir gesellte, mir vielleicht auch ihre Geschichte erzählte.

Doch es war vergebens. Ich wartete Tage, Wochen, Monate, zuletzt Jahre. Ich erblickte ihre blauen Augen nicht einmal in all dieser Zeit, und so begann ich meine Augen und Ohren geschlossen zu halten. Ich war bis zu dem Augenblick, in dem sie mich mit ihm verließ, immer aufgeschlossen und fröhlich gewesen, hatte still für mich mit den Kindern gelacht und sie in Gedanken getröstet, wenn sie gefallen waren. Den alten Damen hatte ich Mut zugesprochen, wenn ein geliebter Mensch sie verlassen hatte oder mit ihnen gejubelt, wenn einer das Licht der Welt erblickt hat. Aber nach alldem gab ich auf. Ich war damals jung und dumm gewesen, als ich mich so sehr in sie verliebte und dieser Vertrauensbruch saß tief in mir. Lange Zeit blieb ich stumm und teilnahmslos, gab mich den Zeichen der Zeit hin, wurde alt und krank. So wie ich heute bin. Ein Schatten meiner selbst. Ich stehe hier nur und warte darauf, dass ich sterbe. Es klingt grausam und vielleicht auch töricht, aber unerwiderte Liebe und Enttäuschungen können einen umbringen. Der Wind weht mir leicht um die Nase und ich genieße es, mit geschlossenen Augen die Sonne zu spüren. Doch plötzlich, ganz unerwartet, berührt mich jemand. Ich schaue herab und erblicke eine Frau. Vielleicht fünfundzwanzig Jahre alt. Sie hat braune, lockige Harre und, ich reiße die Augen vor Erstaunen weit auf, strahlend blaue Augen. Im ersten Moment denke ich, sie wäre es. „Meine" Frau. Doch die Haare passen nicht, auch das Gesicht ist ein anderes. Sie lächelt mich milde an und setzt sich zu meinen Füßen. Als ihre klare Stimme ertönt, bekomme ich Gänsehaut. Sie verzaubert mich und so kann ich ihr im ersten Moment nicht folgen. Doch ich werde plötzlich hellhörig. Erzählt sie da von ihr? Dieser einen ganz besonderen Frau, die mir seit Jahren so sehr fehlt? Und ja, doch, ich glaube, das tut sie. Ich konzentriere mich auf ihre Worte und werde fast ohnmächtig wegen dem, was sie mir erzählt. Diese Frau zu meinen Füßen ist ihre Tochter und die des Mannes, der sich so heftig mit ihr gestritten hatte. Sie war hier bei mir, weil ihre Mutter von mir erzählt hatte, dass ich ein treuer Zuhörer war, obwohl sie mir nie etwas erzählt hatte. Ich bin hin und weg von den beiden Frauen und mein Herz erblüht wieder. Sie fährt mit der Geschichte fort und kommt nun zu dem Teil, der mich am meisten interessiert. Die Geschichte der Liebe zwischen ihren Eltern.

Sie war zweiundzwanzig Jahre alt und Kunststudentin, als sie ihren zukünftigen Mann kennen lernte. Er war ihr Lehrer und somit die Liebe zwischen ihnen verboten. Es dauerte nicht lange, bis sie sich in ihn verliebte, sich aber nicht traute, ihn anzusprechen. Er war vierunddreißig und ein gut aussehender, allein stehender Mann. Bis zu dem Entschluss, sich auf die Parkbank zu setzten und zu warten, dauerte es Monate und ihn dann anzusprechen, noch einmal Tage. Damals, an dem Abend des ersten richtigen Gespräches, fragte sie ihn nach einem Date und beteuerte auch, dass sie ihn nicht verraten würde. Er war nicht schockiert, sondern willigte sofort ein. Sie trafen sich ein paar Mal und es entstand ein zartes Band der Liebe zwischen ihnen, doch es wurde immer wieder hart auf die Probe gestellt. In der Universität mussten sie sich behandeln wie Fremde und außerhalb durften sie sich nicht zu häufig gemeinsam sehen lassen. Die Wochen in denen sie nicht im Park waren, waren die der Examen. Sie bestand ihren Abschluss und somit war sie nicht mehr seine Schülerin. Sie durften ihre Liebe offiziell machen und so kam es zu dem Treffen im Park.

Damals waren sie auf dem Weg in ein kleines Lokal in der Stadt, um sich einen schönen Abend zu bereiten, doch es lief nicht wie geplant. Sie erzählte ihm von der freudigen Nachricht, dass sie schwanger, sei und er hat sie einfach sitzen gelassen. Er war der festen Überzeugung, dass es nicht sein Kind sei, weil sie erst so kurz zusammen gewesen waren, doch sie beteuerte, dass es nur ihn gab. Nachdem er verschwunden war, lief sie weg. Sie wusste nicht, wohin und wollte es auch nicht. Während sie lief, weinte sie ununterbrochen. Die Augen brannten ihr schon, als sie sich auf die Bank nieder ließ. In der Zeit, in der sie dort saß, schien ihr viel durch den Kopf zu gehen. Sie hatte darauf gehofft, dass er bei ihr bleiben und sich mit um das Kind kümmern würde, doch er verließ sie.

Nach Hause brauchte sie nicht zu gehen. Unverheiratet, schwanger und dann noch von dem Erzeuger verlassen. Ihr eigener Vater würde sie aus dem Haus prügeln. Sie hatte schreckliche Angst. Die Menschen, die sie nach ihrem Wohlergehen fragten, machte es scheinbar nicht besser. Vor allem nicht die Frau mit Kinderwagen. Sie war so in Gedanken versunken, dass sie den Regen erst merkte, als er zum schrecklichen Unwetter wurde. In diesem Moment dachte sie daran zu verschwinden. Ihre Gedanken waren düster und hoffnungslos.

Deshalb versuchte sie sich nicht vor dem Unwetter zu retten, sondern blieb sitzen, in der Erwartung, dass der Regen sie wegwaschen könnte. Als der Vater ihres Kindes des Weges entlang kam, schwieg sie weiter. Sie überlegte fieberhaft, was sie tun sollte, da er ihr Angst machte mit seinem Verhalten. Es wäre besser gewesen, er hätte sie nicht gefunden, aber wieso musste sie auch zu diesem Ort zurück? Dort wo alles angefangen hatte. Während er so brüllte, erwachten die Lebensgeister in ihr, denn das was er sagte, machte sie wütend. Sie wollte das Kind nicht abtreiben, nicht solch eine unmoralische

Tat begehen, ihm den Gefallen tun, dass er ohne Risiken aus der Sache heraus kam. Sie könnte bei dem Versuch, das Kind zu töten, auch selbst sterben. Ihm war das egal, oder? Vielleicht verstand sie es auch falsch. Endlich bekam sie den Mund auf und brüllte zurück. Sie schrien sich an und verfluchten sich gegenseitig. Manch ein böses Wort fiel, doch in dem Zorn sagten sie genau die Dinge, die ihnen auf den Herzen lagen. Sie hatte Angst vor ihrem Vater und dem Schicksal einer allein erziehenden Mutter, er davor, kein guter Vater zu sein oder juristisch verfolgt zu werden, weil er mit seiner Schülerin geschlafen hatte. Der Streit öffnete ihre Augen und sie fielen sich, nach einigen Minuten des Schweigens, in die Arme und versöhnten sich.

Darauf folgten turbulente Jahre in dem Leben der Schwangeren und späteren Mutter. Noch während der Schwangerschaft heiratete sie ihren Freund und ehemaligen Lehrer. Sie verbrachten wundervolle Flitterwochen und er tat alles für sie. Bei einer der Standarduntersuchungen stellte sich heraus, dass sie mit Zwillingen schwanger war und die Freude des frischgebackenen Ehepaares wurde noch größer.

Als die Geburt bevor stand, waren sogar ihre Eltern dabei und begleiteten sie. Doch der erste Schock kam, als sie eines der Kinder verlor. Es war ein Junge, er kam tot zur Welt und dieses Ereignis stürzte sie in ein tiefes Loch. Sie versteckte sich vor der Außenwelt und stieß ihre kleine lebende Tochter von sich.

Ihr Leben spielte sich allein in ihrem Zimmer ab. Obwohl ihr Gatte versuchte an sie heran zu kommen und den Kontakt zu ihrer Tochter herzustellen, wies sie alles von sich. Sie ging teilweise so weit, dass sie ihren Mann schlug, wenn er wieder versuchte das kleine Mädchen zu ihr ins Bett zu bringen. Entweder schrie und tobte sie stundenlang oder aber sie schwieg sich wochenlang aus, jedoch weinte sie nicht seit dem Tod des Jungen. Nicht einmal am ersten Geburtstag der Tochter nahm sie teil. Doch eines Nachmittags, es regnete und war schrecklich kalt, da erhob sie sich aus dem Bett und öffnete die Vorhänge. Das Licht blendete sie im ersten Moment, doch dann erkannte sie den schönen Garten. Ihr Verlangen, hinaus zu gehen, wurde so groß, dass sie die Terrassentür aufriss und barfuß hinaus stolperte.

Fast nackt stand sie nun im Regen und blickte gen Himmel. In diesem Moment fühlte sie sich freier denn je. Und mit einem Mal, ohne das Zutun anderer, begann sie zu weinen. Schamlos und laut schrie sie ihren Frust heraus und sank auf die Knie. All die Ängste, die Verzweiflung und die Trauer des letzten Jahres lösten sich von ihr und konnten sie nur auf diesem einen Weg verlassen. Während sie dort kniete, bemerkte sie nicht, wie ihr Mann und ihre Tochter sich ihr näherten, erst als er ihr die Hand auf die Schulter legte, zuckte sie zusammen und vergaß dabei das Schreien und Weinen. Sie sah ihn an, stand auf und fiel ihm in die Arme, als sie die kleinen Hände ihrer Tochter am nackten, kalten Bein spürte, sah sie herab und nahm das Mädchen auf den Arm. Er schloss seine Arme um die kleine Familie und flüsterte liebevolle Worte.

Nachdem sie wieder im Haus waren, schickte er seine Frau unter die Dusche und wartete im Wohnzimmer auf sie. Als sie hinein kam, lächelte er sanft, allein wegen dieser kleinen Geste stiegen ihr wieder die Tränen in die Augen. Sie setzte sich zu ihm und begann zu sprechen. Über all das, was sie in den letzten Monaten so belastet hatte. Er hörte ihr die ganze Zeit zu und sagte kein Wort, bis sie fertig war. Dann nahm er sie in den Arm und beide wussten, es war verziehen. Die folgende Zeit lief relativ gut, sie beschäftigte sich viel mit ihrer Tochter und malte nebenbei, um ihr Trauma weiterhin zu überwinden. Ihr Mann ging endlich wieder als Lehrer arbeiten und schnell wurde ein geregelter Tagesablauf gefunden. Sie wirkten wie eine kleine glückliche Familie, die Tochter ging in den Kindergarten, er lehrte und sie, die blauäugige Schönheit, arbeitete in einem kleinen Atelier.

Es hätte so schön sein können, wenn sie nicht eines Tages, ihre Tochter war nun fast fünf Jahre alt, früher nach Hause gekommen wäre und ihren Mann mit einer anderen Frau erwischt hätte. Ausgerechnet eine seiner Studentinnen kniete dort vor ihm, mit breiten Beinen und zerzausten Haaren. Sie konnte ihren Augen kaum trauen und wusste erst mal nicht so recht, was sie denn nun tun sollte. Also ging sie strengen Schrittes auf die blonde Frau zu und schlug ihr ins Gesicht. Von dieser Aktion war auch ihr Mann hart getroffen und schwieg deshalb. Während die Blondine sich, mit Tränen in den Augen, die Wange hielt, griff die Herrin des Hauses nach ihren Haaren, zog daran und schleifte sie so vom Bett. In diesem Moment war ihr alles egal. Sie war zwar nie eine mutige oder aggressive Frau gewesen, aber niemand sollte ihren Mann jemals so anfassen, außer ihr. Als die fremde Frau so nackt auf dem Boden saß und weinte, wurde sie genauer betrachtete und das nicht vom Mann. Dieser stand immer noch regungslos da und beobachtete das Szenario. Hätte er gewusst, was dann folgte, wäre er schon längst gegangen. Mit Abscheu und Hass blickten sich die Frauen in die Augen und das einzige, was die betrogene Ehefrau sagte, war ein leises gezischtes „Verschwinde". Mir nichts dir nichts sammelte sie ihre Sachen auf und verschwand.

Mit derselben Wut im Blick, drehte sie sich nun um und sah ihren Mann an. Dieser wusste nicht, was er sagen sollte, außer dem Üblichen „Es tut mir Leid". Ohne Worte verließ sie das Zimmer und danach das Haus. Er machte sich nicht die Mühe, ihr nachzulaufen, wieso auch? Sie war ihm egal. Seiner Meinung nach war sie seit der

Geburt der Tochter und dem Tod des Sohnes ihren ehelichen Pflichten nicht mehr nachgekommen. Sie hatten keinen Sex und sonst auch kaum Zärtlichkleiten. Zu Anfang hatte er es noch verstanden, der Verlust saß auch bei ihm tief, aber irgendwann musste sie sich fangen und sich wieder um gewisse Dinge kümmern. Was er zu dem Zeitpunkt noch nicht ahnte, waren die Konsequenzen für ihn. Die Tage darauf waren die schlimmsten seines Lebens. Als seine Frau zurückkam, war sie nicht allein. Ihre Eltern und der ältere Bruder begleiteten sie, wo seine Tochter war, erfuhr er nicht. Sie schmissen ihn aus dem Haus, seine Sachen folgten. Er sollte verschwinden und sie in Frieden lassen. Mit Recht war sie bitter enttäuscht. Schon damals, als er sie wegen der Babys sitzen gelassen hatte, hätte sie es ahnen, nein; wissen müssen, dass er ein Schwein war.

Die darauf folgenden Wochen wurden hart, für alle Beteiligten. Die Tochter verstand nicht, wo ihr Vater war und fragte täglich nach ihm, obwohl ihr gesagt wurde, was er getan hatte. Sie wollte oder konnte es nicht begreifen, er machte es ihr aber auch nicht leichter. Jeden Tag stand er vor der Tür und bat um Verzeihung, immer wieder wies sie ihn ab. Ihre Eltern wohnten, zur Sicherheit der Familie, mit im Haus und sprachen so manches Mal mit dem Betrüger. Er gab aber nicht auf und so entschloss sie sich mit ihrer Tochter umzuziehen, weit weg von ihm, sofort.

Sie verbrachten ein ruhiges und normales Leben in ihrer neuen Heimat, doch vermisste sie die alte Umgebung sehr. Ihre Freunde, die Familie und das gewohnte Umfeld fehlten und das Einleben fiel ihr schwer.

 Sie hatte Schwierigkeiten, als Alleinerziehende Fuß zu fassen, doch eine Glasmanufaktur nahm sie, ihres künstlerischen Talents wegen, auf.

Es war mehr als schwer, Kind und Arbeit zu koordinieren, doch durch die Hilfe einer Kollegin schaffte sie es. In den folgenden Jahren passierte kaum etwas Aufregendes. Der verlogene Ehemann meldete sich nicht und sie bandelte ab und zu mit Männern aus der Stadt an. Nichts hielt lang, weil der Verrat zu tief saß. Und so lebten sie zu zweit, in einer kleinen Wohnung, bis eines Abends ein Brief kam. Adressiert an sie beide. Die Tochter, mittlerweile siebzehn Jahre alt, öffnete ihn und fing augenblicklich an zu weinen. Er stammte von einem Gericht, einem in ihrer alten Heimat. Zu tiefst schockiert über das Gelesene, rief sie ihre Mutter an, die sofort nach Hause geeilt kam. Am Telefon hatte sie nichts verstanden, aber so aufgelöst, wie ihre Tochter war, musste es etwas Schlimmes sein. Zu Hause angekommen, fand sie ihre Tochter in der Küche vor, sie saß am Tisch, mit dem Brief vor sich. Sorgenvoll nahm sie das Stück Papier in die Hand und las es sich durch. Augenblicklich konnte sie verstehen, weswegen ihre Tochter so reagiert hatte.

Obwohl sie ihren Vater seit fast zwölf Jahren nicht zu Gesicht bekommen hatte, liebte sie ihn dennoch und nun war er tot. Er wurde auf einem Zebrastreifen überfahren, weil der Fahrer des Wagens betrunken war. Niemand sollte auf solch eine Art und Weise sterben, auch nicht der Mann, der seine Familie zerstört hat. In Folge des Todes erbte ihre gemeinsame Tochter alles und sie musste es verwalten, bis sie achtzehn war. Für die Beerdigung reisten die beiden Frauen zurück zu ihrem alten Wohnort und bestatteten ihrem Mann und Vater zur Ruhe. Trotz der schrecklichen Dinge, die passiert waren und der Funkstille, weinten sie beide an seinem Grab. Auch ihr, obwohl sie ihm immer noch nicht verziehen hatte, liefen die Tränen über die Wange. Nach dem Begräbnis folgte ein Essen im engsten Kreise, keiner der Verwandten ihres Mannes sprach mit ihr. Traurig war sie darüber ganz und gar nicht, doch die Abwehr ihrer Tochter gegenüber war ihr zuwider. Relativ schnell verschwanden sie von der Feierlichkeit und fuhren nach Hause.

Die Tage nach der Trauerfeier waren still und trostlos, ihr kleiner Engel verschanzte sich. Doch als sie eines Abends in das kleine Zimmer ihrer Mutter kam und sagte, dass sie zurück in das alte Haus ihrer Eltern wollte, kam wieder Leben in die Wohnung. Ohne Diskussionen zogen sie um, zurück an den Anfang, zurück zu Familie und Freunden und der Gewohnheit. Trotz zwölf

Jahren in einer anderen Stadt fühlte es sich an wie heimzukehren. Zu Beginn wohnten sie bei den Großeltern, weil sie das alte Haus renovierten. Es sollte in neuem Glanz erstrahlen, das tat es dann auch. Sie waren nicht lang in der Stadt, bis die beiden Frauen Arbeit gefunden hatte, denn trotz des Erbes, sollte die Tochter lernen, dass man für Geld arbeiten muss.

Und so vergingen die Jahre. Beide wurden sie älter, die Tochter hübscher und erwachsener und ihre Mutter älter und leider auch kranker. Schon von der ersten Sekunde, seit die Diagnose gestellt war, wussten beide, sie würde es nicht lang überleben. Schließlich kündigte sie ihre Arbeit, weil sie zu schwach war, und blieb im Haus, um sich bestmöglich zu schonen. Trotz des vielen Geldes versuchte keine der beiden, die Mutter zu retten. Sie wussten, dass es an der Zeit war, und obwohl sie nicht mal fünfzig Jahre alt würde, war es besser so.

Eines Abends, dass spürten beide, war es an der Zeit zu gehen und so setzte sich die Tochter an das Bett und schwieg. Ein letztes Mal öffnete die Kranke ihre blauen Augen und erzählte ihre ganze Geschichte. Zu guter Letzt gab sie ihrem Kind einen Rat, sollte sie jemanden zum Reden brauchen, dann wäre er immer im Park zu finden. Dort, wo damals noch, als sie klein war, die blaue Bank stand. Er würde zuhören und Trost spenden. Doch warnte sie, dass der treue Freund nicht antworten würde, weil er es nicht konnte.

Weinend nahm sie ihre Mutter in den Arm und hielt sie fest, bis zu dem Punkt, an dem es vorbei war. Wie ihr geraten wurde, ging sie zu dem Ort mit der blauen Bank.

Und jetzt sitzt sie hier und erzählt mir diese Geschichte. Ich bin glücklich. Obwohl meine Liebe gestorben ist, freue ich mich, dass sie ihre Ruhe gefunden und eine solch wunderbare Tochter zu mir geschickt hat. Ich spüre den Wind, die Sonne und ihre Hand an mir und ich weiß, dass auch ich jetzt gehen kann. Ich bin nun bereit, habe alles erfahren, was ich erfahren wollte, und weiß alles, was ich wissen sollte. Ich war ein treuer Begleiter und stiller Beobachter, aber ich war da. Habe Trost gespendet und Freude bereitet. Nun kann ich gehen. Ich schließe ein letztes Mal meine Augen und weiß, dass es vorbei ist…

Ich widme diese Geschichte all den Menschen,

die manchmal auch vor dem Problem stehen,

dass sie es nicht können.

Aber ich versichere euch,

irgendwann könnt ihr es auch.

To Do Part 4:
Verewige auf dieser Seite deinen Lieblingsbaum!

Mache ein Foto von ihm & dir, male ihn oder klebe seine Blätter hier ein…

Verflucht

Daniel Frank

Es war schon spät am Abend als Raphael durch die Straßen stolperte. Er versuchte sich zu erinnern wie viel er schon getrunken hatte. Zwei oder acht dachte er sich, aber eins würde noch gehen und so schlug er den Weg in Richtung Tankstelle ein. Er folgte dem Schein der Straßenlaternen wie ein Falter von einem Lichtkegel zum nächsten. Die Laternen waren das einzige was an diesem dunklen Abend Licht spendete. Raphael schaute nach oben, doch der Himmel war schwarz und weder der Mond noch die Sterne waren zu sehen welche er so sehr liebte. Nach einigen Minuten konnte er am Ende der Straße das Rote leuchtende Schild der Tankstelle erkennen. Er machte eine Kurze Pause, griff in die Tasche seiner Lederjacke und holte eine Schachtel Lucky´s wie sein weißes Benzinfeuerzeug heraus und steckte sich eine Zigarette an. Genüsslich inhalierte er den ersten Zug während er sein Spiegelbild in einem Schaufenster betrachtete. Die grauen Basketballschuhe die er sich vor zwei Tagen gekauft hatte passten gut zu seiner blauen Jeanshose und machten einen sportlichen Eindruck. Plötzlich hatte er ein ungutes Gefühl. Er blickte sich um, doch bis auf eine Gestalt die weit hinter ihm die Straße kreuzte und in einer Seitenstraße verschwand war nichts zu sehen, nicht einmal Autos schienen unterwegs zu sein. Er ging aufmerksam weiter, soweit es ihm der Rausch des Alkohols erlaubte. Sein Bauchgefühl hatte ihn noch nie getäuscht, er wusste aber auch das er einen Schutzgeist hatte auf den er sich genau so gut verlassen konnte. Das ungute Gefühl löste sich mit jedem Zug an der Zigarette mehr in Rauch auf. Etwa fünfzig Meter vor der Tankstelle hörte er auf einmal aufgeregte Stimmen aus einer kleinen Seitengasse einige Meter vor ihm. Er ging weiter und als sein Blick in die Gasse fällt standen da Manu und Hein, zwei Brüder die auf der Straße bekannt für ihr gewalttätiges Verhalten waren. Raphael hatte mal ein Handyvideo gesehen, indem Manu einem anderen Typen mit nur einem einzigen Schlag zu Boden gebracht hatte. Neben Hein stand noch ein Kerl, den er vorher noch nie gesehen hatte und vor Manu war eine junge Frau mit Tränen im Gesicht. Im selben Moment holte Manu aus und schlägt ihr mit der flachen Hand ins Gesicht. Raphael ließ seine Zigarette fallen während ein leiser Fluch seine Lippen verließ. „Euch soll der Teufel holen". Raphael ging entschlossen in das Geschehen und stellte sich zwischen Manu und die Frau. Sein Hertz raste wie wild und Adrenalin schoss durch seinen ganzen Körper. „Was gibt es hier für ein Problem". Fragte Raphael ruhig aber bestimmt. „Problem! Problem! Du willst ein Problem?" bellte Manu und schlug ihm seinen Kopf gegen den Kiefer. „Hey, ich will kein Problem!" antwortete er unbeeindruckt von dem Angriff. Er bellte noch mal „Problem! Problem!" und eine Zweite Kopfnuss traf Raphaels Kiefer. Eine

Sekunde nachdem er den Zweiten Treffer einsteckte fingen Raphaels Augen an zu glühen und seine rechte Hand packte blitzschnell den Hals des Angreifers, während eine Aura der Kälte von ihm ausging. Manu versuchte ihn mit der Faust ins Gesicht zu schlagen, konnte ihn aber nicht richtig treffen da er vom ausgestreckten Arm gehalten wurde. Die anderen beiden prügelten ebenfalls auf ihn ein, doch er spürte keinen Schmerz. Etwa ein halbes Dutzend Schläge trafen ihn bis ein geschwungener Hieb ihn zu Boden zwang. Er merkte nicht dass er zu Boden ging und für eine Sekunde wurden ihm alle Sinne Geraubt. Als er merkte dass er zu Boden gegangen war bekam er einen weiteren Adrenalinschub und seine rechte Hand schnellte nach oben und packte Manus Pullover. Raphael riss sich so heftig an seinem Angreifer nach oben das nur noch Fetzen des Pullis seinen Oberkörper Bedeckten. Noch bevor die drei wieder zuschlagen konnten packte sich Raphael wieder Manus Hals und drückte mit aller Kraft zu. Sie versuchten weiter Ihn auf den Boden zu kriegen als Manu plötzlich sah das sich Raphaels Schatten veränderte. Er hatte den Schatten vorher gar nicht wahrgenommen, doch jetzt wurde er langsam größer und breiter während alle anderen Schatten unverändert blieben. Er dachte dass seine Wahrnehmung ihm einen Streich spielt, da er keine Luft mehr bekam. Lyona konnte es auch sehen, sie stand jetzt neben dem Geschehen. Sie wäre gerne weggelaufen, doch die plötzliche Kälte zog sich langsam durch ihre Knochen und lies sie in ihrer Angst erstarren. Manus Blick veränderte sich von einem hasserfüllten in einen ängstlichen Blick. Als Raphael die Furcht in seinen Augen sah ließ er ihn los. Mit verstörtem Blick legte Manu sich die Hand auf seinen roten Hals und ging ohne ein Wort zu sagen langsam weg. Die beiden anderen folgten ihm und blickten noch ein paar Mal zornig zurück. „Deine Familie soll das Unglück treffen" ruft Raphael ihnen hinterher. Als das letzte Wort seine Lippen verlässt, nimmt sein Schatten wieder seine ursprüngliche Form an und die Kälte die von ihm ausging verflüchtigte sich im Wind. Seine Augen glommen ab, blieben aber Blutunterlaufen. Lyona konnte sich wieder bewegen und ging langsam von hinten auf ihn zu. Sie hatte die Gabe mit ihrer Berührung eine heilende Ruhe zu spenden wen sie es wollte und mit dieser Absicht legte sie ihre Hand auf Raphaels Schulter. Bevor er sich umdrehen konnte traf ihn ein Schlag wie der Griff an eine Stromleitung und warf ihn zu Boden. Lyona erschreckte sich halb zu Tode als er ohnmächtig zu Boden ging obwohl sie die von Ihr ausgehende Kraft nicht spürte. „Oh Gott" sagte sie leise als sie sich Hilfe suchend umschaute. Es war niemand zu sehen außer den drei Umrissen der Schläger die in der Entfernung verschwanden. Sie durchsuchte seine Taschen und fand einen Schlüsselbund,   Handy,   Brieftasche   und

Zigaretten welsche sie jedoch sofort wieder zurücksteckte. In der Brieftasche fand Sie einen Ausweis mit seiner Adresse und genug Geld um ein Taxi zu bezahlen. Mit seinem Handy bestellte sie ein Taxi zu der nahe gelegenen Tankstelle. „Hey, komm schon, wach auf, ich habe uns ein Taxi bestellt, ich bringe dich nach Hause" sagte sie zu ihm. Es dauerte ein Paar Minuten bis er seine Augen öffnete und Reaktion zeigte. Er war wie in Trance und konnte sich kaum bewegen. Lyona stützte ihn und sie gingen wenige Meter durch die Gasse auf die Straße, wo sie an der Tankstelle das wartende Taxi sehen konnte. Es kam rasch zu ihnen gefahren als sie ihm winkte und brachte sie zu der Adresse auf dem Ausweis. Das Taxi hielt vor einem großen Mehrfamilienhaus welches in einer ärmeren Gegend in der nächsten Ortschaft stand. Sie stützte Ihn als sie zur Tür gingen und er sagte immer noch kein Wort. Sein Name stand ganz unten links auf der Klingel und rechts neben zwei anderen Schildern stand UG. Zum Glück eine Kellerwohnung, dachte sie sich, denn sie hätte nicht gewusst wie sie ihn in seinem Zustand in eins der oberen Stockwerke bekommen hätte. Nachdem sie Raphael mit Mühe eine kleine Treppe hinunter geholfen hatte schloss sie mit seinem Schlüssel die Tür zu seiner Wohnung auf. Im selben Moment ging das Licht im kleinen Flur an ohne dass einer der beiden den Schalter gedrückt hatte.

„Hallo, hier sind Lyona und Raphael" sagte sie mit leiser und ängstlicher Stimme. Es kam keine Antwort. „Hallo, ist da wer?" fragte sie wieder mit gleicher Stimme. Zögernd ging sie weiter und blickte nacheinander durch drei offene Türen. Hinter der ersten Tür war ein kleines Bad, hinter der Zweiten sah sie eine Küche und hinter der Dritten konnte sie ein großes Wohnzimmer erkennen. Sie schaltete überall das Licht ein und sah dass außer ihnen niemand da war. Sie blickte an die Decke im Flur und erkannte einen Bewegungsmelder in der Ecke der das Licht eingeschaltet hatte. Lyona zog ihm die Schuhe aus und legte ihn auf das Sofa. Raphael fiel sofort in tiefen Schlaf. Sein Traum war durchzogen von einem grauen Nebel der Finsternis und in der Ferne konnte er zwei glühende rote Punkte neben einem goldenen Schein sehen. Er versuchte zu erreichen was er sah, doch bemerkte er nun dass der Nebel nicht nur seine Sicht trübte, sondern auch sein Vorrankommen behinderte. Jede Bewegung war so mühsam wie das Laufen im Wasser. Doch nach und nach konnte er immer mehr erkennen je weiter er ging. Das rote Glühen waren die Augen eines menschengroßen chimärenartigen Wesens. Es hatte den Kopf einer Ziege mit menschlichen Zügen und Schuppen statt Fell. Auf dem Rücken waren zwei große zerfetzte Fledermausflügel. Gegenüber stand eine junge Frau von atemberaubender Schönheit. Der goldene Schein kam von ihren goldenen Locken.

Beide standen sich gegenüber und als Raphael näher ging, rammte der Dämon seine spitzen Finger in die linke Brust der Frau und riss ihr das Herz heraus. Raphael konnte nichts machen, es war ihm gleichgültig was geschah. Mit Tränen im Gesicht brach die Frau in sich Zusammen und der Dämon lachte bösartig. Raphael wachte schweißgebadet auf, konnte sich aber nicht an seinen Traum erinnern. Vor ihm saß Lyona und er erschreckte sich für einen Moment, er konnte sich aber an sie erinnern. Die Uhr zeigte Null und die Erinnerung an die letzten Stunden war unklar und lückenhaft. Die Schmerzen in seinem Kopf und in seinem Körper waren kaum auszuhalten und nur der Anblick ihrer Schönheit machte es etwas erträglicher. „Schön das du wach bist wie geht es dir?" fragte sie. „Es geht schon aber ich glaube mein Kopf explodiert gleich" antwortete er. „Ich wollte mich bei dir dafür bedanken dass du mich vor den drei Typen gerettet hast." Sagte sie mit einer wohlwollenden Stimme. „Was.. was für Typen?" stotterte er mit Schmerz verzerrter Stimme. Lyona Erzählte ihm was geschehen war und eine Erinnerung Kam zurück. Nach einer halben Stunde bestellte sie sich ein Taxi, bedankte sich noch einmal und ging. Als er die Tür hinter ihr schloss und zurück ins Wohnzimmer ging flog die Hauptsicherung der Wohnung raus und alle Lichter erloschen. Er wollte gerade zurück in den Flur gehen, da ertönte eine Kratzige dunkle Stimme und es wurde kalt.

Du kannst es nicht ertragen sie nicht zu sehn.
Und doch lässt du sie gehen
Zwei gefallen schuldest du mir.
Und einen dritten gebe ich dir.
Ich gebe dir ihr Herz.
Und vordere für immer all dein schmerz.
Sag ja und sei klug.
Den Schmerz hast du zurzeit genug.

„Was für zwei gefallen, wovon redest du?" fragte Raphael.

Zwei Flüche hast du ausgesprochen.
Und keiner der beiden wurde gebrochen.
Ich tausche drei zu eins das ist nicht viel.
Willige ein oder gib mir einen anderen Deal.

„Ja" flüsterte Raphael die Antwort.

Nun gut, so soll es sein.
Ihr Herz ist von nun an dein.

Am nächsten Morgen waren Raphaels Gedanken wieder klar und er konnte sich an alles erinnern, wollte es aber nicht glauben. Wie von der Stimme im Dunkeln versprochen war all der Schmerz in seinem Körper verschwunden. Als er sich an den zweiten Fluch erinnerte, griff er zu seinem Handy

und wählte die Nummer eines Kumpels der mit einem Vater der gestrigen Typen im selben Fußballverein spielte. Raphael erkundigte sich und sein Kumpel war sehr überrascht dass er fragte, denn die Eltern der Brüder hatten in der letzten Nacht einen schweren Verkehrsunfall gehabt. Beide lagen auf der Intensivstation. Die ganze Mannschaft hatte es sofort erfahren und einige seien gleich hingefahren.
Raphael erzählte ihm eine glaubwürdige Lüge warum er gefragt hatte und machte das Gespräch kurz.

Raphael und Lyona trafen sich wieder und wie der Dämon versprochen hatte verliebte sie sich in Ihn und gab ihm sein Herz. Es dauerte eine lange Zeit bis Lyona seine Kälte nicht mehr ertragen konnte und auch dass er ihren Schmerz nicht teilen konnte verletzte sie sehr. Nach wenigen Jahren und fünf Tagen verliest sie ihn und ging für lange Zeit weit weg. Doch sie hörte nie auf ihn zu lieben, denn er hatte noch immer ihr Herz. Auch Raphael hörte nie auf an sie zu denken und so kam es, dass er nach langer Zeit wieder Schmerzen spürte. Der Packt war gebrochen und Raphael verlor seine Kälte. Er konnte wieder leiden und Lyona konnte sich wieder neu verlieben.

To Do Part 5:
Male oder beschreibe was dich ausmacht!

Die Zeit ist jetzt

Johanna Staub

Für meine Eltern,

meine größten Förderer, Kritiker, Unterstützer,
in guten wie in schlechten Zeiten.

Danke für alles.

Ich habe euch lieb.

Wie jeden Freitag um punkt 10 Uhr sitz er wieder in seinem Stammcafé. Wie jedes Mal setzt er sich an einen Tisch mit einer Bank. Die Polster der Bänke sind mit einem Lederimitat bezogen, das Blau des Materials gleicht einem verwaschenen Himmel. Nach den üblichen zwei Stunden wird die helle Stoffhose an den Schenkeln kleben und sobald er aufsteht und den feuchten Stoff von der Haut abzieht, wird es anfangen zu jucken. Er hasst diesen Moment, die Unerträglichkeit des nichts-dagegen- tun Könnens. Trotzdem folgt er jedem Freitag diesem Ritual. Jeden Freitag seit 1 ½ Jahren.

Kaum sitzt er, tritt die dunkelhaarige Kellnerin an seinen Tisch, schenkt ihm ein kurzes aber ehrliches Lächeln, er lächelt zurück. „Wie immer", sagt er und sie nickt ihm fast schon verschwörerisch zu. Er streckt die langen, dünnen, müden Beine unter dem Bistrotisch aus. Die Gelenke knacken leise wie die verlebten Holzdielen einer Altbauwohnung.

Er blickt nach draußen, während er die Zeitung sorgfältig ausbreitet. Er sieht die Menschen um sich herum, nimmt sie aber nicht wirklich wahr. Er überfliegt kurz die erste Seite der Tageszeitung, überall Krieg, Korruption und

Machtspiele. Seit 68 Jahren liest er jeden Morgen die Zeitung, wie es schon sein Vater tat.

Solange er gearbeitet hat war er immer bestens informiert, die Kollegen sprachen gern und viel mit ihm, sie fanden ihn klug, eloquent und witzig. Heute ist es schon erfreulich, wenn sich seine Kinder einmal in der Woche telefonisch melden oder er mit den Nachbarn ein paar Worte wechseln kann. Ansonsten hat er nicht viel Gelegenheit seine Gedanken mit jemandem zu teilen.

Die Kellnerin reißt ihn aus seiner geistigen Abwesenheit als sie ihm sein übliches Freitagsfrühstück auf den Tisch stellt. Er zuckt zusammen als er in die Realität zurückkehrt, so als spränge er in eiskaltes Wasser. Sie lächelt. Er bedankt sich leise und breitet die Papierserviette auf seinem Schoß aus um keine Flecken auf die Stoffhose zu machen. Seine Frau würde schimpfen wenn er sich bekleckern würde und dann über ihn lachen, wobei sich ihre Nase kräuselt. Mit ihrer warmen Stimme würde sie sagen: „Wie alt du geworden bist. Anhand der Flecken auf deiner Kleidung kann man ja dein Alter ablesen." Ja, so wäre es. Wenn sie noch bei ihm wäre.

Er beißt in sein warmes, goldbraunes Brötchen und spürt wie ihm ein scharfer, kurzer Schmerz durch den ganzen Körper bis ins Herz fährt. Er vermisst seine Frau.

Das Brötchen schmeckt plötzlich fad wie Pappe, der Kaffee, den er zum runterspülen trinkt, schmeckt bitter und ein wenig wie nasse Erde. Sein Appetit ist verflogen. Ihn erfasst ein Gedanke. So plötzlich und so stark, dass er aufspringt. Die Serviette fällt auf den Terrakotta farbenen Fliesenboden. Fast eilt er, getrieben und ohne nachzudenken, aus dem Café, fummelt dann aber mit zitternden Fingern einen Geldschein aus seinem abgegriffenen Portemonnaie und legt ihn auf den Tisch.

Wie waren sie glücklich zusammen und wollten noch so viel tun. Sie hatten für seine Rentenzeit so viele Pläne und dann sollten sie doch keine Zeit mehr haben. Aber er. Er hat jetzt die Zeit und nichts was ihn aufhält.

Er eilt nach Hause, lässt die Eingangstür offen stehen und geht ins Schlafzimmer. Er stellt sich auf die Zehenspitzen und holt den Koffer vom Schrank. Feiner Staub flimmert durch die Luft. Er zieht gedankenverloren Kleidung aus den verschiedenen Fächern. Dabei fällt sein Blick auf die leeren Fächer, die einst seiner Frau gehörten. Nur das schwarze Abendkleid mit den Pailletten und der transparenten Stola, die zart schimmernd ihre Schultern bedeckten, die trotz des Alters noch immer so zart gewesen waren und nach Rosenseife dufteten, hängt an einem Kleiderbügel. Der Schmerz kommt wieder. Er schmeißt seine Kleidung einfach in den Koffer. Hosen, Hemden, Unterwäsche… Er läuft ins Bad, er kann den Rasierapparat nicht finden, aber egal, wen soll das stören wenn er unrasiert über den Globus spaziert?

Er hinterlässt der Haushälterin eine Nachricht und Geld, zieht die Tür hinter sich zu und wirft den Schlüssel mit einer kurzen Notiz in den Briefkasten seiner langjährigen Nachbarn.

Er fühlt sich leicht und doch getrieben. Er verlässt seine Straße, läuft mit dem alten, ledernen Koffer in der einen, mit dem Pass in der anderen Hand Richtung Zentrum. Mit jedem Schritt scheint das Gewicht des Koffers weniger zu werden. Er winkt sich ein Taxi heran und lässt sich neben seinem Koffer auf die Rückbank fallen. Der junge Taxifahrer blickt im Rückspiegel zu ihm, seine schwarzen Augen lachen: „Wohin darf ich Sie fahren?"

Er überlegt kurz: „Zum Flughafen, bitte."

„Aaahhh, Sie vereisen!? Wie schön. Wohin geht es denn?"

Der alte Mann blickt aus dem Fenster, die Stadt fliegt an ihm vorbei. Genau wie seine Gedanken.

„Ganz egal", sagt er leise aber bestimmt. „Dahin wo ich noch nie war und nicht wusste, dass ich dort hin will."

Der Taxifahrer nickt: „Ich weiß, was sie meinen". Ihre Blicke treffen sich im Rückspiegel, dann blickt der Mann wieder aus dem Fenster. Das ungute Gefühl der Unruhe ist der Entschlossenheit gewichen.

Im Radio singt ein junger Mann: *„And the atmosphere is charged. In you I trust. And I feel no fear as I Do as I must. Give up yourself unto the moment - The time is now!"*[1]

Er lächelt. Heute ist der Anfang vom Rest seines Lebens.

---

[1] Die Zeile ist zitiert aus: „Time is now", Youthkills, Mai 2013, Copyright: (C) Polydor/Island (EMI), 2013 Polydor/Island, a division of Universal Music GmbH

To Do Part 6:
Wenn du einfach machen könntest, was du schon immer mal machen wolltest, was wäre das?

Ein Nachmittag im Café

Julia Hartmann

Sie waren nun schon 40 Jahre verheiratet. Eigentlich waren sie glücklich, doch im Laufe der Jahre war ihre Ehe eingerostet. Jeden Tag derselbe Ablauf: 7:00 Uhr aufstehen, ins Bad gehen, sie bereitete das Frühstück vor, während er spazieren ging. Wenn er dann zurückkam, frühstückten sie gemeinsam. Sie fragte ihn, ob er Kaffee wolle, er bejahte und nippte dann still vor sich hin an seiner Tasse. Und sie knabberte dabei still an ihrem Toastbrot. Wenn sie fertig gegessen hatten, räumte sie den Tisch ab und fing an zu spülen. Er las währenddessen in der Tageszeitung.

An diesem frühen Nachmittag, als sie beide im Wohnzimmer, jeder in seinem Sessel, gesessen und ihr übliches Mittagsschläfchen gemacht hatten, hatte er ganz unverhofft gefragt, ob sie nicht Lust hätte mit ihm ins Café zu gehen. Sie, ganz überrascht, hatte sofort eingewilligt. Sie waren also losgezogen. Er hatte seinen Schirmhut aufgesetzt, den sie ihm mal zum Geburtstag geschenkt hatte. Er zog diesen Hut immer auf, wenn sie ausgingen. Auf dem Weg waren sie an einem Reisebüro vorbei gegangen. Sie hatte überlegt, wann sie das letzte Mal in den Urlaub gefahren waren. Das musste schon einige Jahre her sein. Sie konnte sich nicht mehr genau erinnern. Sie waren zum Café gekommen. Er hatte ihr die Tür aufgehalten und sie waren hineingegangen. An einem Tisch in der Ecke des Cafés hatten sie sich einen Sitzplatz gesucht. Sie hatten ihre Sachen abgelegt und in die Karte geschaut. Die Bedienung hatte ihre Bestellung aufgenommen. Sie hatte sich einen Kaffe bestellt, er genau dasselbe. Nun saßen sie da und verloren kaum ein Wort miteinander. Sie schaute aus dem Fenster, beobachtete die Leute, die vorbeigingen. Er hatte seinen Blick auf ein Gemälde an der Wand gerichtet. Es zeigte eine Landschaft. Ein schreiendes Kleinkind ließ seinen Blick abwenden. Ihr Sohn war schon lange ausgezogen. Sie wohnten schon lange allein in dem großen Haus. Es war schon eine ganze Weile vergangen, während sie schweigend da saßen. Der Kaffee war längst ausgetrunken. Sie beschlossen zu gehen. Als sie auf dem Weg nach Hause waren, fragte sie sich, ob er nur nichts gesagt hatte und sie in dieses Café eingeladen hatte, weil sie sich dort vor so langer Zeit kennen gelernt hatten oder ob es doch reiner Zufall gewesen war und er ihren Hochzeitstag wirklich vergessen hatte.

Cassandras Alptraum

Lisa-Marie Kath

*Ich möchte diese Geschichte meinem Freund
widmen.
Ohne die gemeinsamen, langen
und wunderschönen Spaziergänge mit ihm,
ich niemals auf die Idee gekommen wäre,
diese Geschichte zu schreiben.
Ich liebe dich, Chris!*

„Was wäre, wenn du eines Tages aufwachst und die Sonne nicht mehr scheint?"

„Was wäre, wenn du morgens aus der Haustür gehst und du spürst, dass etwas nicht stimmt. Und du dich plötzlich fragst: Wo sind all die Menschen?"

„Was wäre, wenn du eines Tages in den Spiegel schaust, in deine eigenen Augen und du etwas siehst. Etwas, wofür du keine Worte findest und das dein Innerstes gefrieren lässt?"

Solche und viele andere Sachen fragt sich Cassandra jeden Tag. Sie denkt nicht bewusst darüber nach. Es sind vielmehr Gedanken, die plötzlich da sind, ohne dass man überhaupt danach gefragt hat. Egal in welcher Situation. Ob sie nun im Unterricht sitzt, mit der Bahn fährt oder beim Essen ist. Sie sind plötzlich da und gehen so schnell auch nicht mehr weg. Manche bleiben nur für Minuten, andere verlassen sie nie.

Ich habe oft versucht mir diese Gedanken oder Gefühle zu erklären, sie zu beschreiben. Vielleicht sind es nur Tagträume. Es ist keine Seltenheit, dass sie mich in Angst und Schrecken versetzen. Ich frage mich dann immer: „Ist das

normal? Haben andere das auch? Bin ich jetzt krank?" Aber wie soll man denn auch darüber reden? „Hey, du! Hast du eben auch daran gedacht, wie die Welt gleich untergeht?" Oder…
„Hey, hast du eben auch daran gedacht, dass da so ein Typ mit einer Knarre hier rein kommt und uns alle abknallt?" Ja, ich nehme stark an, dass das ein sehr kurzes Gespräch wird, zusammen mit komischen Blicken und Kopfschütteln. Es handelt sich häufig um ziemlich unwahrscheinliche Szenarien. Sie spuken durch meinen Kopf und lassen mich nicht mehr in Ruhe.

Für August ist es ganz schön kalt, denke ich mir und ziehe die Jacke weiter zu. Ich sehe die anderen Menschen an und bemerke, dass sie besser für das Wetter angezogen sind als ich. „Scheiß Übergangszeit. Entweder ist man zu warm angezogen oder man friert sich alles ab." „Ist dir kalt. Baby? Wollen wir nach Hause gehen?" Ich drehe meinen Kopf nach links und schaue in seine Augen. Ich liebe seine Augen. Tiefblau mit einem wunderschönen Muster. Er schaut mich besorgt an und wartet auf eine Antwort. „Nein, Schatz", sagte ich und schüttelte dabei den Kopf. Dann gab ich ihm einen Kuss auf die Wange. Wir liefen weiter, über eine Brücke. Viele Menschen sind unterwegs, obwohl es vorhin geregnet hatte. Ok, man muss bedenken, es ist Samstag und Großstädte sind generell immer überfüllt. Wir gehen die Treppen hinunter und laufen weiter. In der Tat, es gibt besseres als an einem kalten und dazu auch noch nassen Samstagnachmittag in Frankfurt rumzulaufen. Aber was soll man tun, wenn man nicht viel Zeit hat? Nun sind wir hier und suchen einen trockenen Platz am Main. „Ach, guck mal da vorne sind zwei Bänke", sage ich und zeige mit meiner rechten Hand in die entsprechende Richtung. „Dann lass uns da hin gehen", gab er zurück und sah in die Richtung, wohin ich zeigte. Dort angekommen, setzten wir uns hin. Er nahm meine Hand und küsste mich, danach sahen wir uns in die Augen. „So, nun. Wir sind hier und jetzt?", bringe ich ihm mit einem fragenden Blick entgegen. - Man muss bedenken, dass wir uns an diesem Punkt noch nicht so lange kennen. Bis man auf einen gemeinsamen Nenner kommt, braucht das seine Zeit. - „Ja, nix jetzt. Wir können uns doch unterhalten oder ich halte einfach nur deine Hand", sagte er und grinste mich dabei an. Ach ja, die Anfangszeit ist die schönste Zeit. Wir begannen uns zu unterhalten. Zuerst über das Wetter, dann über die Menschen, die unseren Weg kreuzten. - Die üblichen Themen eben, wenn man nicht weiß, über was man sich unterhalten soll. – Mit der Zeit wurde es besser und man musste sich nicht mehr angestrengt Themen aus den Fingern saugen. Wir hatten einen gemeinsamen Faden gefunden. Ich erzählte ihm von meiner Schule, meinen Träumen und wie ich mir meine Zukunft vorstellte. Er wiederum erzählte mir etwas aus seinem Leben, was er bis jetzt gemacht hatte und was er noch machen möchte.

Irgendwann wurde es dunkler und ich bemerkte die Kälte, wie sie von meinen Beinen über den Rücken hinauf kroch und mich erschaudern ließ. Ich fing an zu zittern. „Wollen wir weiter gehen? Wir wollten ja eigentlich noch über den Markt laufen." Er nickte und stand auf. Erst jetzt merkte ich wie steif meine Glieder waren. Hoffentlich werde ich nicht krank, das würde mir jetzt noch fehlen. Wir liefen in Richtung Treppen, um die Brücke erneut zu überqueren. Er nahm meine Hand und steckte sie, zusammen mit seiner, in seine Jackentasche. Trotz des schlechten Wetters hatte der Abend etwas Schönes. Weg von all dem Trubel und dem Stress. Für manche hört sich das vermutlich ziemlich paradox an. Wie kann man Samstag abends auf einem Markt in Frankfurt so was wie Ruhe empfinden? Ganz einfach. Die Menschen hier interessieren mich nicht. Ich habe hier keine Verpflichtungen. Ich kann bestimmen, wo ich hin will und wie schnell ich über den Markt laufen möchte. Keine Hektik und kein Stress. Ich habe seit langem mal wieder Zeit, etwas zu tun, was ich möchte. Wir laufen die Treppen hinunter und über die Straße. Vor uns liegt der Markt, während über uns die Nacht anbricht und es anfängt leicht zu nieseln. Doch es stört uns nicht. Ich packe den Schirm aus und drücke ihn ihm in die Hand. Er nimmt ihn und hält ihn über uns. Das schöne an Märkten ist die Atmosphäre die dort herrscht. Unbeschwertheit liegt in der Luft, sowie der Duft von Bonbons und gebrannten Mandeln. Wir bleiben vor einem Stand stehen und begutachten die Leckereien. Er sieht zu mir herunter: „Was möchtest du haben? Warte, lass mich raten… hm… Mandeln?". „Nein. Es gibt etwas viel Besseres", sage ich und schaue nach links. Er folgt meinem Blick und bestellt bei der Dame hinter der Theke. Nach wenigen Minuten halte ich eine riesige Zuckerwatte in der Hand. Ich strahle über beide Ohren und gucke verschämt auf den Boden. Ich bedanke mich bei ihm und fange an zu essen.

Wir laufen weiter. Der Regen wird immer heftiger und so langsam geben auch die Schuhe den Wassermassen nach und die Socken werden nass. In der Nähe höre ich eine Glocke läuten und zähle erschrocken ihre Schläge. „Was, schon elf Uhr? Oh, mein Gott, ich muss mal langsam heim, sonst komme ich morgen nicht aus dem Bett. Wäre das in Ordnung für dich?". „Ja, na klar. Wir können ja morgen wieder was machen, wenn es dir heute gefallen hat?". Ich spüre den Stich in meiner Brust und könnte in die Luft springen. „Ja es war ganz nett," erwidere ich lässig und beginne einen Schritt schneller Richtung Bahnhof zu laufen. Kaum erreichen wir die Treppen hinab zum Bahnhof, schüttet es wie aus Eimern. Ich schaue auf die Uhr. „Na toll. Wir haben die Bahn gerade verpasst", sagte ich und verlangsamte meine Schritte. „Echt jetzt? Blöd. Ah, nein haben wir nicht. Guck mal. Da vorne steht fünf Minuten Verspätung", sagte er und spurtete los. Ich versuchte angestrengt mit seinem Tempo mitzuhalten und wir erreichten nur knapp die Tür. „Da vorne sind noch zwei Plätze", sagt er und läuft in die Fahrtrichtung. Er läuft, kommt ins Straucheln und fällt beinahe hin. Ich suche nach dem Grund und sehe eine Tasche am Boden liegen. Kaum habe ich die Tasche gesehen, da steht auch schon der Besitzer vor mir und fängt an, sich bemerkbar zu machen. „Du Idiot hast du keine Augen im Kopf. Ej, ich schwöre dir, wenn da jetzt was kaputt ist, dann mach ich dich kaputt." Ich schaue in die Runde und sehe noch zwei weitere Jugendliche. Sie halten eine Wodkaflasche in der Hand und ich begreife den Ernst der Lage. Ich stelle mich schnell zwischen David und den Taschenbesitzer. Ich hebe die Tasche auf und reiche sie rüber. „Sorry. Ich bin mir sicher, dass das keine Absicht war." „Was Absicht?", plärrte er mich an und riss mir die Tasche aus den Fingern. „Fass meine Tasche nicht an, du Opfer", sagte er und guckte zu seinen Freunden. Diese fingen schlagartig an zu lachen. Das macht keinen Sinn, sagte ich mir, drehte mich um und gab David zu verstehen, weiter zu laufen. Weg von diesen aufgeblasenen und dazu noch betrunkenen Machos.

Wir setzen uns in den freien Vierer gegenüber und gucken aus dem Fenster. Ich spüre seinen Blick auf mir. „Du. Es tut mir leid, das war wirklich keine Absicht. Der Abend ist dann wohl gelaufen." „Ach, Quatsch, mach dir doch nix draus. In 20 Minuten sind wir daheim und dann kann uns das egal sein", gab ich ihm zurück. „Jetzt guck doch nicht so besorgt. Es ist doch gar nichts passiert", sagte ich, um ihn zu beruhigen. Ich rutsche ein Stück nach vorne und will gerade seine Hand nehmen, als ich sehe, wie er erstarrt. Ich folge seinem Blick und erstarre ebenfalls. In diesem Moment setzt sich der Typ mit der Tasche neben mich und die anderen sich zu David. Der Kerl legt seine Hand auf mein Bein und rückt näher zu mir. Er beugt sich nach vorne und vergräbt sein Gesicht in meinen Haaren. „Na Süße. Ich habe euer kleines Gespräch gehört. Bis jetzt ist noch nix passiert. Aber was noch nicht ist kann ja noch werden." Scheiße, was soll das, tickt der noch ganz sauber. Ich drehe meinen Kopf weg und drücke mich gegen die Wand, weg von ihm. „Hallo, geht's noch? Euch ist anscheinend langweilig." Ich gucke hilfesuchend in Davids Richtung, doch der ist mit den anderen Kerlen beschäftigt. Ich stehe auf, doch ich werde zurückgezogen. „Was willst du denn mit so einem Waschlappen? Der hat noch nicht mal die Eier, was zu sagen. Dagegen bin ich doch ein richtiger Glücksfang. Glaub mir, ich verspreche dir, mit mir kann man viel Spaß haben."

Mich beschlich das Gefühl, dass das hier kein gutes Ende nehmen wird. Mir war klar, dass wir aus der Situation raus müssen. „Was ist dein Problem?", entgegnete ich ihm und schaute ihm in die Augen. „Mein Problem?", fragte er, „Ich habe kein Problem. Aber das beschissene Weißbrot hat meine Sachen kaputt gemacht und irgendwie muss ich mich doch bei ihm revanchieren. Denkst du etwa, ich lasse das auf mir sitzen." „Willst du Geld haben? Wir bezahlen dir den Schaden." „Was will ich mit euerm dreckigen Geld. Ich will gleiches mit gleichem vergelten. Darum dachte ich mir, wir können doch ein bisschen Zeit zusammen verbringen." Während er das sagte, zog er mich zu sich heran. Ich stand auf, aber er hielt mich fest. Ich schrie. Die Leute guckten mich verwirrt an. Als sie die Situation erkannten, in der wir uns befanden, schauten sie weg. Ich schrie erneut, doch die Leute sahen nicht mehr in unsere Richtung. Ich spüre die Angst, wie sie meinen ganzen Körper lähmt. Ich fange an zu zittern und mir wird klar, ich muss etwas tun. Ich versuchte nachzudenken, doch das Einzige, was ich sah, waren die lüsternen Augen des Fremden und David, wie er in die Mangel genommen wurde. David! Mir war klar, das wir gegen sie keine Chance hatten, dennoch konnte und wollte ich mich einfach nicht kampflos hingeben. Ich holte aus und trat, so heftig ich konnte, gegen das Schienenbein. Ich spürte den Schmerz, wie er meinen Fuß durchzuckte, doch ich ignorierte ihn. Ich beugte mich zu David, nahm seine Hand und zog ihn von seinem Sitzplatz. Er torkelte und hielt sich an mir fest. Gerade, als ich schreien wollte, dass er gefälligst rennen soll, spüre ich einen Schlag gegen meinen Kopf. Kein Schmerz, nichts, nur völlige Dunkelheit umgab mich. Wenn ich jetzt im Nachhinein darüber nachdenke, verlief alles wie in Zeitlupe. Ich kam schnell wieder zu mir. Woran ich das merkte? An den Schmerzen, die immer heftiger zu mir durchdrangen. Mir wurde schlecht und ich übergab mich. Keine Ahnung, wohin ich gekotzt habe, aber ich hörte von weitem empörte Rufe und Gelächter. Ich versuchte aufzustehen, aber mein Körper gehorchte mir nicht. Ich guckte nach rechts und sah die angewiderten Blicke der Mistkerle.

Obwohl ich Schmerzen hatte und um mein Bewusstsein rang, empfand ich Schadenfreude. Das muss auch der Anführer der Gruppe gesehen habe und fixiert mich mit seinen Augen. Seine Freunde sehen ihn an, werden panisch und reden auf ihn ein. „Komm lass. Die haben genug. Die sind es doch nicht wert. Scheiß doch auf die Leute. Wir haben das Geld von dem Weißbrot und die kleine ist am Arsch lass uns gehen." Währenddessen fixiert er mich weiterhin und ich bringe mittlerweile ein richtiges Lächeln zustande. Es war einfach zu schnell. Ich sah, wie er sich plötzlich auf mich stürzte und seine Leute versuchten ihn zu packen, sie jedoch nicht die geringste Chance gegen ihn hatten. Ich sehe eine Bewegung aus den Augenwinkel und spüre das Gewicht seines Körpers gegen meinen gepresst. Er bewegt seine Hand auf und ab und ich spüre einen Druck in meiner Brust. Ich döste immer weiter weg. Ich kämpfe gegen die Dunkelheit an, aber der schwarze Nebel umgibt mich. Er steht auf und kniet sich vor mich. Dieser Blick. Ich werde ihn nie vergessen. Wahnsinn. Das einzige Wort, das auch nur annähernd in das reicht, was ich sehe. Er hält etwas hoch, vor mein Gesicht und grinst dabei. Ich kann es nicht erkenne aber ich weiß, was es ist. Mein Todesurteil.

… Wann hört das endlich auf? Ich will einfach nur, dass es aufhört, egal, was das auch bedeuten mag. Ich spüre erneut den Druck auf mir und die Stiche des Messers. Doch diesmal ist etwas anders. Ich spüre es links und nicht rechts. Wie kann das sein? In der Ferne höre ich meinen Namen. Die Stiche in die Seite werden immer intensiver und auch die Stimme wird immer lauter. „Cassandra… CASSANDRA!" ich schrecke auf und schaue verdutzt nach links. Mein Arm ist taub und ich frage mich, wo ich bin. Ich schaue in die grünbraunen Augen meiner Freundin. „Cassandra. Herr Marx hat dich schon dreimal aufgefordert, den Text aus dem Buch zu lesen. Was ist denn los? Warum guckst du so verwirrt?" Ich löse den Blick von meiner

Freundin und schaue in die Klasse. Alle sehen mich an. „Cassandra. Schön, dass sie endlich wieder bei uns sind. Sie kommen später nach der Pause bitte in das Lehrerzimmer. Nun wäre es schön, wenn Sie endlich lesen würden." Ich schaue fragend in die Klasse und zurück zu meiner Freundin. „Seite 32 in dem grünen Buch", flüstert sie mir zu. Ich schlage es auf und fange an zu lesen.

To Do Part 7:
Hier ist Platz für deinen ersten Gedanken nach dem Lesen dieses Buches. Oder eine eigene Geschichte…

`

Schlußwort

Wir, das Projekt: Deadline- Team möchten uns bei allen bedanken, die uns und unser Vorhaben ein Buch zu schreiben unterstützt haben.

Da seien zunächst unsere betreuenden LehrerInnen genannt, die das Projekt in die Wege geleitet, betreut und dies hier quasi erst möglich gemacht haben.

Ein besonders herzliches Dankeschön geht natürlich an unsere Eltern, PartnerInnen, Freunde und Klassenkameraden, die uns inspiriert, ermutigt, unterstützt, unsere Launen ausgehalten und uns über so manche Schreibblockade hinweggeholfen haben.

Und nicht zu vergessen:
Danke besonders an Sie, liebe/r Leser/in, für ihr Interesse an unserem kleinen Buch. Wir hoffen, es hat Ihnen so viel Spaß gemacht wie uns das Projekt, in dessen Rahmen dieser Kurzgeschichtenband entstanden ist.
DANKE!

FSC
www.fsc.org

MIX

Papier aus ver-
antwortungsvollen
Quellen
Paper from
responsible sources

FSC® C105338